KB010342

저커버그
이야기

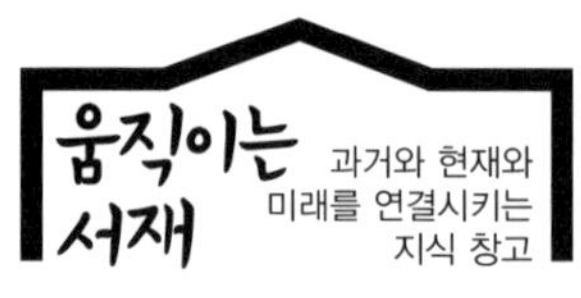

책과 함께 있다면 그곳이 어디이든 서재입니다.
집에서든, 지하철에서든, 카페에서든 좋은 책 한 권이 있다면 독자는 자신만의 서재를 꾸려서 지식의 탐험을 떠날 수 있습니다. 좋은 책이란, 시대와 세대를 초월해 지식과 감동을 대물림하고, 다양한 연령들의 소통을 가능케 하는 힘이 있습니다. 움직이는 서재는 공간의 한계, 시간의 장벽을 넘어선 독서 탐험의 동반자가 되겠습니다.

Business Leaders
Facebook and Mark Zuckerberg

07
청소년
롤모델
시리즈

저커버그 이야기

페이스북을 만든
꿈과 재미의 롤모델

주디 L. 해즈데이 지음 | 박수성 옮김

프롤로그

'진짜 꿈'은 힘이 셉니다!

페이스북의 창업자이자 CEO, 그리고 세계 역사상 최단 시간에 억만장자가 된 사람. 이것이 마크 저커버그를 설명하는 대표적인 표현입니다.

사람들은 마크의 성공 이유가 그의 천재적인 두뇌 때문이라고 말합니다. 맞습니다. 마크는 어렸을 때부터 컴퓨터 영재였습니다. 그런데 컴퓨터 영재라고 해서 모두 다 마크처럼 뛰어난 성과를 내는 것은 아닙니다.

그래서 어떤 사람들은 마크의 성공 이유를 '운'에서 찾기도 합니다. 사실 그 말도 맞습니다. 빌 게이츠Bill Gates나 다른 컴퓨터 선구자들이 만들어놓은 기반 위에서, 컴퓨터와 인터넷이 우리 삶을 변화시키는 걸 직접 체험하며 성장한 세대니까요. 그런데 마크와 같은 시대에 태어나고 자란 컴퓨터 영재들도 아주 많습니다. 그들 모두 컴퓨터와 인터넷의 수혜를 직접적으로 받으며 자랐지만, 마크처럼 놀라운 성과를 보여준 경우는 거의 없습니다. 그러니 성공의 원인을 '운'의 작용에서 찾는 건 억지스럽습니다.

분명 마크는 뛰어난 재능을 가진 컴퓨터 영재였지만 페이스북을 만들어 성공시키기까지는 많은 어려움이 있었습니다. 페이스북을 유지할 운영 자금이 없어서 늘 돈 걱정에 시달려야 했고, 쓰레기장 같은 환경 속에서 하루에 15시간 이상을 프로그램 개발 작업에 매달렸습니다. 그는 몇 년 동안 컴퓨터 앞에서 패스트푸드로 불규칙한 식사를 하고 간이침대에서 불편한 쪽잠을 자며 페이스북을 성공시키기 위해 치열하게 살았습니다. 보통의 천재라면 오래 견디지 못했을 그 힘든 시간들을 마크는 묵묵히 견뎌냈습니다.

사람들은 마크가 힘든 시간을 이겨낸 이유를 돈에서 찾습니다. 자신이 개발한 사이트가 대박을 터뜨리면 한 방에 많은 돈을 벌 수 있으니까요. 하지만 그런 생각은 마크 저커버그에 대해 잘 모르기 때문에 하는 오해입니다. 돈이 목적이었다면 거액의 인수 제안을 받았을 때 페이스북을 팔아넘기는 게 당연했을 겁니다. 마크에겐 단번에 큰 돈을 손에 쥐고 호사스런 생활을 누릴 수 있는 기회가 많았습니다. 하지만 마크는 그런 기회가 올 때마다 단호하게 거절하며 불편하고 힘든 시간을 택했습니다. 많은 사람이 그의 선택을 이해하지 못했습니다. 대체 돈 때문이 아니라면 왜 저런 고생을 사서 하는지 납득하기 어려웠으니까요.

마크가 그런 선택을 한 이유는 오직 하나, 세상을 연결시키고 싶다는 자신의 '진짜 꿈' 때문이었습니다. 그 꿈이 있었기에 페이스북도 있었고, 힘든 시간도 견딜 수 있었

습니다. 자신의 꿈을 향한 열망과 끈질긴 노력의 결과로, 전 세계 인구 중 30억 명 이상이 사용하는 페이스북을 만들었고, 더불어 세계에서 가장 젊은 억만장자가 된 것입니다.

하지만 부자가 된 뒤에도 마크의 생활은 별로 달라진 게 없습니다. 명품 따윈 관심도 없습니다. 그저 학생 때부터 줄기차게 입어오던 회색 티셔츠에 청바지를 입고 다닙니다. 무슨 옷을 입을까 고민하는 시간이 아까워 여러 벌의 회색 티셔츠를 사놓고 그것만 입는다고 합니다. 마크의 영향력이 커지면서 대외적인 활동을 많이 하긴 하지만, 그의 중심은 예나 지금이나 꿈을 펼쳐 가는 데에 있습니다. 그것을 위해선 많은 생각과 고민을 해야 하고, 거기에 자신의 모든 시간과 에너지를 집중시키고 싶기 때문입니다.

마크에게 페이스북은 '진짜 꿈'의 최종 목적지가 아닙니다. 그 꿈을 이루기 위한 하나의 수단이자 방법입니다. 그래서 마크는 자신의 '진짜 꿈'을 이루기 위한 다음 방법으로 '기부'를 선택했습니다.

그는 2013년부터 인도, 잠비아, 탄자니아, 케냐, 콜롬비아 등 인터넷의 혜택을 받지 못한 낙후지역에 무료로 인터넷을 공급하는 인터넷닷오알지(internet.org)라는 프로젝트를 시작했습니다. 그리고 2015년에는 전 재산의 99%를 기부하겠다는 대담한 결정을 했습니다. 마크가 하려는 기부사업은 가난한 사람들에게 직접 돈이나 물자를 나눠주는 자선사업의 형태가 아닙니다. 질병 치료를 못 받는 이들에게 치료의 기회를 주는 사업과, 교육 기회를 못 갖는 이들에게 좀 더 평등한 교육 기회를 갖게 하는 사업을 하게 됩니다. 그리고 그 모든 일의 중심에는 인터넷에서 소외된 사람들에게 인터넷을 사용할 권리를 주고, 그들과 세상을 연결시켜 기회와 가능성을 열어 주는 일이 있습니다.

사람은 혼자일 때는 아무런 힘을 가지지 못합니다. 하지만 다른 사람과 연결되고, 세상과 연결되면 많은 기회와 가능성을 얻을 수 있으며 평화를 지켜가는 든든한 힘이

생깁니다. 그것이 마크가 실현하고 싶은 '진짜 꿈'입니다.

1984년에 태어난 마크는 아직 너무 젊습니다. 그에게 주어진 시간이 아주 많기에, 그의 꿈은 놀라울 정도로 진화하고 있습니다. 또한 앞으로도 기대 이상의 많은 것들을 보여줄 거라 생각됩니다. 하지만 거꾸로 그에게 시간이 아주 많이 남았다는 것이 우려가 될 수도 있습니다. 기대와는 다른 어긋난 행보를 보일지도 모르니까요. 그렇지만 아마도 마크는 응원하던 사람들을 실망시키고, 냉소적인 사람들에게 쾌감을 주는 일은 하지 않을 것입니다. 그는 자신의 '진짜 꿈'이 무엇인지 다른 사람들보다 일찍 알았고, 그것을 끝까지 놓지 않을 우직한 힘을 가지고 있기 때문입니다.

| 차례 |

2장
학교만 다닌 게 아냐, 나는 언제나 개발자였어

3장
하버드 촌티, 엄청난 일을 벌이다

4장
세상을 연결시키겠다는 거대한 꿈을 품었지

5장
꿈을 지키려는 치열한 싸움

1

일찍부터 컴퓨터와 친했어

'왜?'라는 질문이 많았대

궁금한 게 정말 많았어

마크는 유별날 정도로 호기심이 많은 아이였다. 새로운 것을 보거나 의문이 생기는 것이 있으면 절대로 그냥 넘어가지 않았다. 살펴보기도 하고 만져보기도 하며 궁금증이 해소될 때까지 끈질기게 매달렸다. 또 마크는 호기심만큼이나 질문도 많은 아이였다. 그래서 마크의 부모는 하루 종일 아들의 질문 공세에 시달려야 했다. 보통의 부모라면 귀찮아할 정도로 마크의 질문은 끝이 없었고, 그 내용도 어려웠다.

서너 살 유아기 아이들의 질문은 대부분 '무엇'에 대한 것이다. 처음 보는 사물에 대해 '이것이 무엇?'이냐고 물으면 사물의 이름만 대답해주면 된다. 하지만 마크의 질문은 '무엇'보다 '왜'와 '어떻게'에 대한 것이었다.

"아빠, 왜 비가 오면 하늘이 번쩍거려요?"

"엄마, 왜 봄이 되면 예쁜 꽃들이 많이 피나요?"

"아빠, 자전거는 왜 바퀴가 두 개예요? 네 개짜리 자전거는 없나요?"

"엄마, 물고기는 어떻게 물속에서 살 수 있어요?"

이렇게 원리와 본질에 대한 질문이다 보니 아무리 어른이라 해도 대답하기가 무척 까다롭고 어려웠다. 게다가 마크는 자신의 궁금증이 풀릴 때까지 절대로 물러서는 아이가 아니었다. 또 단순한 궁금증이 아니라 마크 나름의 논리와 이유를 가지고 하는 질문이라 대답도 거기에 맞아야 했다. 다행히 '맞다'는 대답을 할 땐 쉽게 넘어갈 수 있지만, 문제는 '아니야'라는 대답을 해줘야 할 때였다. '아니야'라는 답을 하기 위해선 무엇이 어떻게 틀렸는지를 논리적으로 근거를 가지고 예를 들어가며 설명해줘야 했다. 그리고 마크가 가지고 있는 생각과 논리에서 무엇이 잘못되었고, 어떤 것을 잘못 알고 있는지를 일일이 설명해줘야 했다.

그래서 마크가 질문을 하면 한 번의 대답으로 끝나는 일이 없었다. 몇 번이나 질문과 대답을 주고받았고, 마크는 대답 속에서 새로운 질문을 찾아냈다. 예를 들어, "엄마, 물고기는 어떻게 물속에서 살 수 있어요?"라는 질문에 엄마는 이렇게 대답했다.

"물고기에게는 아가미라는 호흡기관이 있어. 사람의 폐와 같은 역할을 하는데 이걸로 물속에 있는 산소를 마실 수 있는 거지."

"그럼 사람도 아가미 같은 게 있으면 물속에서 살 수 있겠네요?"

"음…, 아가미는 아니지만 산소를 공급해주는 장치를 가지고 있으면 물속에서 오래 있을 수 있지."

"산소를 공급해주는 장치와 아가미는 뭐가 어떻게 다른데요?"

이런 식으로 마크의 질문은 꼬리에 꼬리를 물고 이어졌다. 그러면 마크의 부모는 백과사전까지 꺼내 인간과 어류의 종의 차이부터 차근차근 설명해줘야 했다. 아무리 사랑하는 자식이라도 까다로운 질문을 계속해대면 귀찮아지기 마련이다. 특히 바쁠 때 아이가 꽁무니를 따라다니며 이것저것 물어보면 자신도 모르게 짜증을 내게 된다. 게다가 마크처럼 어려운 질문을 계속해서 하는 아이라면 보통의 부모들은 어느 순간 소리를 꽥 지르게 된다.

하지만 마크의 부모는 한 번도 마크의 질문 공세를 귀찮아하거나 대답을 게을리 한 적이 없었다. 그들은 늘 마크의 궁금증에 관심을 가져주었고, 어린 아들이 이해하기 쉽도록 설명하려고 노력했다. 만약 바쁠 때 마크가 질문 공세를 하려고 하면 자신의 사정을 설명하고 시간이 나면 그때 이야기하자고 양해를 구했다. 그리고 마크의 부모는 바쁜 일을 마치는 즉시 마크와 대화하는 시간을 가졌다.

마크의 부모가 마크를 교육시킨 방식은 보통의 부모들

은 따라 하기 힘들 정도로 매우 모범적이고 훌륭하다. 아마도 그만큼 마크의 교육을 중요하게 생각했기 때문에 가능했을 것이다. 또한 마크의 부모가 질의응답을 위주로 하는 '하브루타havruta 교육'을 받고 자란 유대인이었던 요인도 컸다.

유대인 전통 교육방식인 '하브루타'는 대화와 토론을 통해 생각하는 법을 가르치는 것이 목표다. 유대인들은 아이가 어렸을 때부터 집안에서 부모가 하브루타 교육을 시킨다. 그래서 아이들은 아주 사소한 것이라도 궁금한 것이 생기면 질문하는 것에 익숙하다. 이 과정에서 아이는 생각하는 법뿐만 아니라 자신의 생각을 말로 표현하는 방법도 자연스럽게 익히게 된다. 또한 아이는 부모의 설명을 들으면서 자연스럽게 경청하는 습관을 가지게 된다.

마크의 부모는 자신들이 하브루타 교육을 받고 자랐기에 아이를 양육하고 교육시키는 데도 자연스럽게 그 방식을 적용했다. 그들이 다른 부모들보다 특별히 교육열이 강해서가 아니라 알고 있는 방식이 그것이었기 때문에 자연스럽고 당연하게 마크에게 질문을 허용하고 성의껏 대답해주었으며 토론도 벌였다.

하지만 아무리 열린 마음으로 이야기를 들어준다 해도 마크가 양육하기 쉬운 아이는 아니었다. 부모로서 똑똑하고 영민한 아들은 자랑스럽게 여겨지겠지만 또 그만큼 어려운 점도 있었다. 마크는 호기심이 생기면 풀릴 때까지 끝까지 물고 늘어졌기에 대충대충 가르칠 수가 없었고 정성을 많이 들여 답을 해줘야 했다.

이렇게 유아기 때부터 마크는 부모와의 질의응답을 통해 자연스럽게 생각을 확장시키는 방법을 배워갔다. 그리고 그 속도와 생각의 확장성이 또래의 아이들보다 매우 탁월했다. 그래서 마크의 부모는 아들이 커서 법률가가 될 거라고 생각했다. 누가 봐도 마크의 논리적인 사고와 차분하고 끈기 있는 성격은 법학 공부에 맞아 보였다. 그러나 부모의 예상과 달리, 마크는 자라면서 법학이 아니라 컴퓨터에 더 많은 관심을 가지기 시작했다. 그런데 마크가 컴퓨터에 관심을 가지게 된 것은 다름 아닌 아버지의 영향 때문이었다.

치과 의사 아버지는 컴퓨터 마니아였지

마크 저커버그는 1984년 5월 14일, 뉴욕 주 화이트 플레인스White Plains에서 아버지 에드워드 저커버그와 어머니 캐런 저커버그Karen Zuckerberg 사이에 둘째이자 외아들로 태어났다. 아버지는 치과 의사였고, 어머니는 육아에 전념하기 위해 일을 그만두기 전까지 정신과 의사로 일했다. 저커버그 부부는 마크 외에 첫째 랜디Randi와 여동생 도나Donna, 아리엘Arielle까지 네 명의 자녀를 두었다.

저커버그 가족은 마크가 태어나고 얼마 지나지 않아 화이트 플레인스에서 멀지 않은 답스 페리Dobbs Ferry라는 지역으로 이사했다. 뉴욕 주 웨스트 체스터카운티Westchester County에 위치한 답스 페리는 〈언페이스풀〉, 〈마이클 콜린스〉, 〈폴링 인 러브〉 등 할리우드의 영화 촬영지로 유명한 곳이다. 30만 제곱미터에 달하는 광대한 산림 보호구역인 쥬링 자연보호지역Juhring Estate이 있는 답스 페리는 대자연 속에서 산책과 자전거 하이킹을 즐길 수 있는 아름다운 곳이었다. 게다가 범죄율이 굉장히 낮아서 언제든 안심하고 다닐 수 있는 안전 지역이었다.

저커버그 가족은 이 근처에 있는 단독주택을 구입했다. 1층에는 아버지의 치과 진료실을 차리고, 가족들은 2층에서 생활했다. 아버지가 집에서 일했기 때문에 늘 점심식사를 함께했고, 아이들은 1층에 있는 진료실을 자유롭게 드나들었다. 그곳에는 치과 치료기구를 비롯해서 다양한 의료기구와 진료를 기다리는 환자들을 위한 텔레비전이나 오디오, 책 등이 구비되어 있었다.

에드워드는 환자들 사이에서 '아프지 않은 지(Z) 선생님'으로 소문날 정도로 치료를 잘하기로 유명했다. 하지만 에드워드는 치료를 잘하는 것에만 만족하지 않았다. 서비스에 대한 개념을 일찍부터 가지고 있던 에드워드는 환자들을 위해 다양한 배려가 필요하다고 생각했다. 그래서 치과 치료에 두려움을 가지고 있는 환자들을 위해 진료를 기다리는 동안 마음의 안정을 취하라고 열대어들이 헤엄치는 600리터짜리 수족관을 대기실에 설치해놓기도 했다. 그리고 환자가 자신이 좋아하는 음악을 들으며 치료를 받을 수 있도록 각종 음반과 턴테이블도 갖춰두었다. 나중에 아이팟이 나왔을 땐 방대한 양의 음악을 담아 환자들에게 제공하기도 했다. 또한 어린이 환자들을 위해 동화책이나 장난감 같은 놀이기구들도 마련해두었다.

그래서 아버지의 진료 대기실은 환자들을 위한 공간이자 마크 남매의 놀이터가 되기도 했다. 아이들은 진료를 기다리는 손님들 옆에서 동화책을 읽거나 소꿉놀이나 퍼즐놀이를 하면서 놀았다. 어렸을 때부터 예절교육을 철저하게 받은 데다 다른 사람들이 있을 때 조용하게 있어야 한다는 걸 잘 알고 있어서 모두 얌전히 놀았다. 그리고 환자들 대부분이 마을 주민들이어서 마크 남매를 어렸을 때부터 봐왔기에 그들을 무척 예뻐했다. 누나와 동생들이 동화책과 놀이기구를 가지고 노는 반면 마크는 장난감보다 컴퓨터에 유독 관심을 보였다.

마크가 한 살이 되었을 때 에드워드는 컴퓨터를 구입해서 진료실에 비치해놓았다. 그래서 마크는 아주 어렸을 때부터 컴퓨터를 접할 수 있었고, 그것을 활용하는 법도 자연스럽게 익혔다. 마치 텔레비전이나 냉장고처럼 마크에게 컴퓨터는 생활의 일부 같은 익숙한 전자제품이었다. 마크는 아버지의 진료실에 놀러 가면 다른 것들은 다 제쳐두고 컴퓨터 옆에만 붙어 있었다. 그리고 아버지나 접수 직원이 컴퓨터에 데이터를 입력하거나 프로그램을 작동시키는 걸 유심히 지켜봤다.

마크가 공개한 유년기 사진. 마크는 이때부터 컴퓨터와 친하게 지냈다.

아버지의 컴퓨터는 아타리 800이었어

마크가 어릴 때부터 컴퓨터를 접할 수 있게 된 것은 순전히 아버지의 성향 덕분이었다. 아버지 에드워드는 치과의사지만 컴퓨터와 인터넷 같은 새로운 기술에 관심이 많은 과학 마니아이기도 했다. 자신의 직업인 치과 치료에 사용되는 기구뿐만 아니라 최첨단 장비나 새로운 기술에 대한 관심이 많았고 특히 컴퓨터에 주목했다.

당시엔 퍼스널 컴퓨터가 대중화되기 전일 때라 컴퓨터 가격이 굉장히 비쌌다. 그런데도 에드워드는 1985년에 거액을 주고 '아타리 800' 초기 모델 컴퓨터를 구입했다. 그때만 해도 미국에서 컴퓨터를 들여놓은 개인병원이 거의 없었다. 아마 에드워드의 치과 진료실이 미국에 있는 개인 치과병원 중에서 최초로 컴퓨터를 보유한 곳일 것이다.

에드워드가 남들보다 일찍 컴퓨터를 구입한 것은 기술에 대한 관심도 있었지만 환자들의 진료기록을 체계적이

8비트 컴퓨터인 아타리 800. 컴퓨터 산업 초창기에 일반인을 대상으로 만들어진 개인용 컴퓨터다.

고 편리하게 관리하기 위해서였다. 그때는 진료기록을 손으로 종이에 일일이 기록해야 했다. 이럴 경우 진료기록지가 훼손되거나 뒤섞일 위험도 있고, 필요할 때 빨리 기록지를 찾지 못하는 어려움이 있었다. 에드워드는 이런 어려움들을 해결하기 위해 거액을 주고 컴퓨터를 구입했다. 하지만 컴퓨터만 있다고 문제가 해결되는 건 아니었다. 퍼스널 컴퓨터가 대중화되기 전이라서 개인병원에서 쓸 수 있는 프로그램이 없었다. 따라서 에드워드는 자신에게 필요한 프로그램을 직접 만들어야 했다. 그런데 컴퓨터에 관심은 많았지만 전공분야도 아닌 데다 프로그램에 대한 지식과 기술을 배운 적도 없던 터라 에드워드는 처음부터 공부해 가면서 하나씩 만들어나가야 했다. 그는 프로그래밍에 관한 책을 보면서 혼자 힘으로 프로그램을 조금씩 완성해갔다.

당시엔 '베이식BASIC'이란 프로그래밍 언어로 컴퓨터 프로그램을 만들었다. '베이식'은 베이식 언어(Beginner's All-purpose Symbolic Instruction Code)의 머리글자를 따서 만든 이름으로, 1964년 다트머스 대학교Dartmouth College의 존 케메니

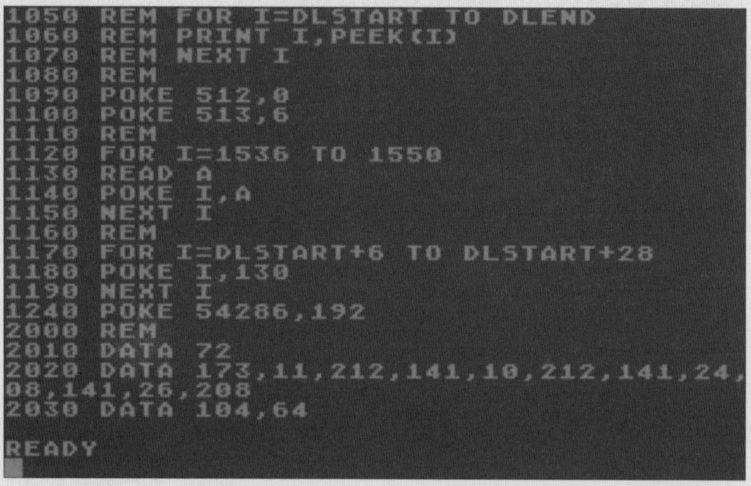

```
1050 REM FOR I=DLSTART TO DLEND
1060 REM PRINT I,PEEK(I)
1070 REM NEXT I
1080 REM
1090 POKE 512,0
1100 POKE 513,6
1110 REM
1120 FOR I=1536 TO 1550
1130 READ A
1140 POKE I,A
1150 NEXT I
1160 REM
1170 FOR I=DLSTART+6 TO DLSTART+28
1180 POKE I,130
1190 NEXT I
1240 POKE 54286,192
2000 REM
2010 DATA 72
2020 DATA 173,11,212,141,10,212,141,24,
08,141,26,208
2030 DATA 104,64

READY
```

초창기 프로그래밍 언어인 '베이식'.
마크의 아버지 에드워드는 베이식을 사용해 병원에서 쓰는 프로그램을 만들었고
그것이 마크에게 최초의 컴퓨터 프로그래밍 교육이 되었다.

John Kemeny 교수와 토머스 커츠Thomas Kurtz 교수가 처음 개발했다. 베이식은 원래 컴퓨터 교육을 위해 개발한 언어로 'INPUT'이나 'PRINT' 등 자연어에 가까운 표현을 사용했다. 이들이 개발한 베이식 프로그램은 과학자나 수학자가 아닌 일반인들도 소프트웨어를 제작할 수 있도록 컴퓨터 프로그래밍의 문턱을 낮추는 데 크게 일조했다. 그래서 에드워드도 베이식을 이용해 프로그램을 만드는 공부를 했다.

에드워드는 매일 저녁식사를 마치고 나면 프로그래밍 공부를 하기 위해 1층 진료실로 내려갔다. 거의 매일 늦은 밤까지 에드워드는 컴퓨터 앞에 앉아서 책을 보며 프로그래밍 공부를 했다. 마크는 한 살 때부터 아버지의 이런 모습을 보며 자랐다. 그에겐 컴퓨터로 프로그램을 만들고 무언가 작업을 하는 게 매우 익숙한 모습이었다. 또 그만큼 아버지가 하는 작업에 대한 궁금증도 점점 커졌다.

호기심 많은 마크는 아버지가 프로그래밍 작업을 하기 위해 진료실로 내려갈 때마다 따라 내려갔다. 그리고 옆에 앉아서 아버지가 책을 보며 프로그램을 만드는 걸 유심히 지켜봤다. 글자는 생활 단어만 아는 수준이었지만, 아버지가 키보드로 단어를 입력할 때마다 모니터 화면에 글자가 뜨는 것을 그냥 지나치지 않았다. 마크는 신기하고 궁금한 것들이 너무나 많았다. 하지만 아버지가 작업에 열중하고 있을 때는 방해하지 않기 위해 입을 꾹 다물었다. 그러다가 아버지가 잠시 휴식을 취할 때는 질문을 쏟아냈다.

"아빠, 'INPUT'이란 단어를 왜 계속 쓰는 거예요?"

"이건 실행시킬 명령 내용을 적으라는 거야. INPUT이란 단어를 앞에 적지 않으면 이게 명령 내용이라는 걸 모르거든."

"그럼 'PRINT'나 'DO'도 역할이 있는 거예요?"

"물론이지. 여러 단어와 숫자들은 다 제각각 의미와 역할을 가지고 있어. 이런 명령어들을 정확하게 넣어줘야 내가 원하는 대로 컴퓨터가 작동할 수 있어."

마크가 질문을 시작하면 아버지는 마크를 무릎 위에 앉히고 하나하나 궁금해하는 것들을 알려주었다. 아무리 설명을 잘 해줘도 서너 살짜리 아이가 알아들을 수 있는 내용은 아니었다. 하지만 아버지는 마크가 아는 언어로 친절하게 설명해주었다. 영리한 마크는 아버지의 설명을 들으며 모니터 화면에 떠 있는 단어들을 눈으로 익혀나갔다. 이런 식으로 마크는 아버지로부터 베이식으로 프로그램을 만드는 법을 배워나갔다.

컴퓨터가 내 명령을 잘 따라줬어

처음으로 내 컴퓨터가 생긴 거야

마크에게 컴퓨터는 장난감 같은 역할을 했다. 그리고 프로그램 개발은 장난감을 가지고 좀 더 신나고 재미있게 놀 수 있는 방법이었다. 서너 살 때부터 아버지에게 베이식으로 프로그램 만드는 걸 배운 마크는 늘 컴퓨터로 프로그램 만드는 연습을 하면서 놀았다. 다른 아이들이 컴퓨터를 만져보지도 못할 때에 마크는 이미 컴퓨터 프로그램에 대한 개념을 가지고 있었다.

어쩌면 마크가 컴퓨터에 관심을 가지고 재능을 키우게 된 것은 너무나 당연한 일인지 모른다. 컴퓨터를 쉽게 접할 수 있는 환경인 데다 부모님이 직접 프로그램을 만드는 걸 보면서 성장한다면 누구라도 관심을 가지게 될 것

마크가 공개한 유소년기 사진.
왼쪽에 바구니를 들고 안경 쓴 소년이 마크다.

이다. 마크가 영리하고 컴퓨터와 기술에 대한 감각과 재능을 가지고 있었지만, 그것을 빨리 개발하고 전념하게 된 것은 부모님의 영향과 지원 덕분이었다.

아버지 에드워드는 마크가 열 살이 채 되기도 전에 윈도우 3.1 운영체제로 실행되는 퀀텍스 486디엑스(Quantex 486DX) 컴퓨터를 사주었다. 당시에 퍼스널 컴퓨터가 대중화되기 시작할 때였지만 아이에게 개인용 컴퓨터를 사주는 일은 드물었다. 마크는 자신의 컴퓨터가 생긴 것에 뛸 듯이 기뻐했다. 그때부터 마크는 본격적으로 프로그램을 만드는 데 몰두하기 시작했다.

사실 아버지가 쓰는 아타리 800으로 좋은 프로그램을 만들긴 힘들었다. 게다가 아버지로부터 배운 '베이식'은 다양한 프로그램을 만들기엔 부족한 점이 많았다. 그래서 마크는 자신이 원하는 프로그램을 만들고 싶은 욕심에 혼자서 프로그래밍 언어에 대한 공부를 계속하고 있었다. 베이식 언어가 새롭게 발전할 때마다 새 책을 사달라고 졸랐다. 'C'언어나 Java 같은 새로운 프로그래밍 언어를 공부하기 위해서였다.

아버지에게 선물받은 프로그래밍 책 《C++for Dummies》.
이 책을 아버지에게 받은 후 프로그래밍 실력이 많이 늘었다.

열두 살 때 프로그램 개발에 도전해 봤어

1996년, 열두 살이 된 마크는 첫 번째 소프트웨어 프로그램인 '저크넷ZuckNet'을 개발해냈다. 저크넷을 개발하게 된 동기는 아버지의 고충을 덜어주기 위해서였다. 당시 에드워드는 치과 진료실에 환자가 도착했을 때 자신이 바로 알아차릴 수 있는 방법을 찾고 있었다. 환자가 없을 때면 에드워드는 1층 진료실에 있지 않고 2층인 집에 올라가 있었다. 그래서 환자가 도착하면 접수 직원이 소리를 질러 알려주거나 직접 2층으로 뛰어와야 했다. 이런 불편함 없이 환자가 병원에 왔을 때 에드워드가 빨리 알 수 있는 방법이 필요했다.

마크는 아버지의 고민을 듣고 집 안에 있는 모든 컴퓨터와 아버지의 진료실에 있는 컴퓨터가 소통할 수 있는 방법에 대해 연구하기 시작했다. 그래서 마크는 집 안에 있는 컴퓨터를 연결하여 메시지를 주고받을 수 있는 프로그램인 '저크넷'을 만들었다. 환자가 들어왔을 때 진료실의

접수 직원이 저크넷 프로그램에 접속해서 키를 누르면 다른 컴퓨터에서 '핑' 소리가 났다. 이걸 듣고 에드워드는 환자가 도착했다는 것을 쉽게 알 수 있었다. 에드워드도 진료실에서 2층에 있는 가족들에게 메시지를 보내고 싶을 때 이 프로그램을 이용했다. 오늘날의 기술에 비하면 원시적인 형태지만 '저크넷'은 가족들이 편하게 메시지를 주고받을 수 있는 최초의 인트라넷 프로그램이었다.

그런데 저크넷을 개발하는 데 온전히 마크의 혼자 힘만으로 한 건 아니다. 아무리 원시적인 형태라지만 컴퓨터 간 네트워크 프로그램을 혼자서 개발하는 건 어린 마크에겐 무리한 일이었다. 저크넷은 글자를 쳐 넣는 기능만 없었을 뿐 에이오엘 인스턴트 메신저 프로그램(AOL Instant Messenger (IM)-type program)과 거의 비슷한 원리로 구성되었기에 전문가의 기술 지원이 필요했다.

그를 도와준 사람은 마크의 부모가 고용한 컴퓨터 전문가였다. 당시에 에드워드는 컴퓨터에 대해선 마크의 지식이 자신을 훨씬 뛰어넘었다는 걸 깨달았다. 더 이상 자신의 지식으로 아들을 가르칠 수 없다고 판단하고 전문가의 도움을 받기로 했다. 그래서 마크가 열한 살이 되었을 때 소프트웨어 개발자인 데이비드 뉴먼David Newman을 개인교사로 고용했다. 뉴먼은 일주일에 한 번씩 집으로 와서 마크에게 컴퓨터 프로그래밍에 대해 가르쳐주었다. 그는 컴퓨터 선생님이자 마크가 저크넷을 개발하는 데 큰 도움을 준 조력자였다. 하지만 뉴먼에겐 기술적인 아이디어와 지원만 받았을 뿐 모든 프로그래밍 작업은 마크가 직접 다 했다.

저크넷은 마크의 가족들에게 없어선 안 될 중요한 소통 수단이 되었다. 에드워드는 마크뿐만 아니라 세 딸들에게도 각각 컴퓨터를 사주었다. 그래서 온 가족이 자신의 컴퓨터를 가지고 있었다. 가족들은 각자의 컴퓨터를 가지고 마크가 만든 저크넷으로 간단한 의견을 주고받았다. 예를 들어, 어머니가 저녁식사 준비를 마치면 저크넷으로 식사하러 오라는 메시지를 올렸다. 그러면 그 메시지를 보고 가족들은 식사를 하러 식탁으로 모였다.

마크 남매에게도 컴퓨터와 저크넷은 없어서는 안 되는 중요한 소통 수단이었다. 이들은 저크넷으로 수다를 떨기도 하고 장난을 치기도 했다. 특히 장난꾸러기인 마크는 저크넷을 이용해서 누나와 동생들에게 자주 장난을 쳤다.

여동생 도나가 자기 방에서 숙제를 하고 있을 때였다. 갑자기 책상 위에 놓인 모니터 화면에 '30초 안에 치명적인 바이러스가 폭발합니다.'라는 경고 메시지가 떴다. 그리고 화면 속의 숫자가 30부터 내려가기 시작했다. 도나는 너무 놀라서 "꺄악!"하고 비명을 지르며 의자에서 벌떡 일어났다. 그 길로 도나는 "오빠, 살려줘!"라고 소리치며 마크의 방으로 달려갔다. 그 메시지를 보낸 게 마크의 짓이라는 건 꿈에도 모른 채 말이다.

마크는 저크넷을 이용해서 이런 장난을 자주 쳤다. 그때마다 가족들은 매번 속아 넘어갔다. 장난의 형태가 매번 달라졌기 때문에 속을 수밖에 없었다. 컴퓨터에 관해선 아무도 마크를 이길 수 없기에 누구도 그의 장난을 막을 수 없었다.

장난도 컴퓨터 마니아답게

한 번은 동생들뿐만 아니라 부모님까지 공포에 떨게 만든 적이 있었다. 그때가 '와이투케이 버그(the Y2K bug)'로 전 세계가 공포에 떨던 1999년 12월 말일쯤이었다. 컴퓨터 프로그램은 두 자리의 십진수로만 날짜를 인식하는 속성을 가지고 있다. 그래서 1980년을 80으로 인식한다. 문제는 2000년이 되었을 때 컴퓨터가 연도를 00으로 인식하게 될 경우 프로그램에 오작동이 일어날 우려가 있었다. 이것이 '와이투케이 버그'이다.

1990년대부터 컴퓨터는 사무 시스템뿐만 아니라 각 가정에서도 학습용으로 사용될 정도로 사회 전반에 광범위하게 이용되고 있었다. 인류 역사에서 컴퓨터라는 첨단 기기를 사회 모든 시스템에 적용한 것은 처음 있는 일이었다. 그래서 프로그램 오작동으로 인해 어떤 문제가 발생할지 아무도 예측할 수 없었다. 컴퓨터 프로그램에 오작동이 일어나면 사회 시스템 전체가 붕괴할 수 있다는 공포가 괴담처럼 떠돌았다.

예를 들어, '와이투케이 버그'로 인해 컴퓨터가 2000년을 인식하지 못하면 원자력 발전소 시설들의 작동이 중단되어 전기가 끊기거나 그래서 온 나라가 정전이 되어 은행기록이 모두 지워질 수 있다는 괴담이었다. 세기말의 암울한 분위기에다 와이투케이 버그의 공포까지 더해져 사람들은 극도로 불안해했다. 다행히 몇 가지 문제들을 제외하고 와이투케이 버그의 공포는 기우였던 것으로 결론이 났다. 하지만 1999년 12월 말이 다가오면서 그 공포는 절정에 달하고 있었다.

마크도 와이투케이 버그에 대해 알고 있었다. 그런데 컴퓨터에 대해 잘 모르는 사람들이 가지고 있던 막연한 공포 같은 건 없었다. 아직 어려서 사람들의 공포를 잘 이해하지 못했기 때문인지, 아니면 와이투케이 버그가 별 문제를 일으키지 않을 거라는 확신을 가지고 있었는지는 모르겠다. 그저 마크는 혹시 와이투케이 버그 때문에 지구가 멸망하지 않을까 두려움에 떠는 여동생들을 골탕 먹일 생각만 가득했다.

1999년 12월 31일 휴렛팩커드사의 CEO 칼리 피오리나가
휴렛팩커드사의 Y2K 지휘본부를 둘러보며
혹시나 생길 버그 사태에 대비하고 있다.

1999년 12월 31일 자정이 가까워질 무렵 마크의 가족들은 다 함께 새해를 맞이하기 위해 거실에 모여 있었다. 보통 때 같으면 즐거운 표정으로 새해를 맞았겠지만 이번에는 그럴 수가 없었다. 별일 없을 거라고 애써 평온한 척하지만 다들 긴장한 표정이었다. 모두 두려움에 찬 눈으로 벽시계의 초침이 자정을 향해 달려가는 걸 지켜보고 있었다. 자정까지 1분도 채 안 남은 때였다. 갑자기 온 집안의 불이 꺼졌다. 가족들은 정전의 원인이 사람들의 불길한 예측대로 와이투케이 버그 때문이라고 생각했다. 마크의 여동생들은 울음을 터뜨리며 비명을 질러댔다. 마크의 부모도 놀라서 당황했다.

하지만 정전은 와이투케이 버그가 아니라 마크와 누나 랜디가 합작해서 저지른 장난 때문이었다. 마크와 랜디가 가족들 모르게 빠져 나와서 자정이 되기 직전에 두꺼비집을 확 내려버린 것이다. 이 일로 마크와 랜디는 부모에게 크게 혼이 났다. 그리고 벌로 일주일 동안 마당의 잔디를 깎고 계단 청소를 해야 했다.

게임기를
직접 만들어볼 거야

하는 것보다 만드는 게
더 재미있을 것 같아

컴퓨터에 대한 재능과 감각을 타고나고 또 컴퓨터 마니아 아버지 덕분에 아주 어린 나이부터 컴퓨터와 친숙해질 수 있었던 마크에게, 컴퓨터와 관련된 모든 것은 즐거운 놀이였다. 또 마크는 컴퓨터뿐만 아니라 게임기로 즐기는 비디오 게임에도 관심이 많았다. 그런데 관심의 형태가 또래 아이들과는 조금 달랐다.

마크가 어렸을 때 닌텐도Nintendo에서 나온 〈마리오 브라더스〉와 〈마리오 카트〉 같은 비디오 게임이 큰 인기를 끌고 있었다. 그래서 아이들은 수십 개의 비디오 게임을 담고 있는 닌텐도와 세가Sega 같은 게임기들을 가지고 놀았다. 마크 역시 친구들과 함께 이런 게임을 하는 걸 좋아했다. 학교가 끝나면 마크는 친구들과 모여서 비디오 게임을 했다.

보통의 아이들은 게임에서 이기는 걸 중요하게 생각한다. 한 단계를 완료해서 다음 단계로 넘어가거나 게임 상대가 있을 경우 상대방을 이기는 것에서 재미를 찾는다. 하지만 마크의 즐거움은 게임의 승부를 넘어섰다. 그는 새로운 게임을 만드는 데 흥미를 보였다. 그는 게임기의 원리를 알아내서 이것을 가지고 새로운 게임을 만들어야겠다고 생각했다.

닌텐도 64 게임기(위)와 세가 16비트 게임기(아래).
가정용 비디오 게임기로 선풍적인 인기를 끌었다.

과학적 호기심이 많은 남자아이들은 라디오나 시계 등을 분해하고 다시 조립하는 것을 좋아하는데, 마크야말로 그런 것을 즐기는 전형적인 아이였다. 마크와 함께 게임을 하던 친구들은 새로운 게임을 만들기 위해 게임팩과 게임기를 분해하기 시작했다.

그런데 게임기는 시계처럼 단순한 구조와 구성물로 이루어진 게 아니다. 여러 종류의 칩과 전자 기판과 회로로 구성되어 있기 때문에 잘못하면 고장이 날 수 있었다. 마크가 가지고 있던 게임기는 꽤 고가의 장난감이었기 때문에 만약 고장을 내면 부모님께 크게 야단을 맞을 수 있었다. 하지만 마크는 혼나는 것이 두렵지 않은지 과감하게 게임기와 팩을 분해해 버렸다.

아들이 비싼 게임기를 일부러 망가뜨리는 걸 보고 마크의 부모는 아연실색했다. 보통 때는 마크가 고장 난 기계나 라디오 같은 가전제품을 분해하고 재조립하는 걸 그냥 내버려두었다. 하지만 멀쩡한 새 물건을 일부러 망가뜨리는 건 그대로 두고 볼 수 없었다. 화가 난 어머니는 마크를 불러서 엄한 목소리로 물었다.

“마크야, 왜 게임기를 가지고 그런 짓을 하는 거니? 게임기가 재미가 없어서 그러는 거야?”

“아니요. 재밌어요.”

“그런데 왜 게임기를 망가뜨리는 거지?”

“망가뜨리는 거 아니에요. 새로운 게임을 만들려고 그러는 거예요.”

“뭐라고?”

마크는 조금도 주눅 들지 않고 게임기를 분해한 이유를 설명했다. 그의 표정에는 게임기를 망가뜨릴지 모른다는 불안함 같은 건 조금도 없었다. 오직 새로운 게임을 만들겠다는 의지와 호기심만 가득했다.

그런 아들의 표정을 보고 마크의 어머니는 뭐라 할 말이 없었다. 한 번 하겠다고 작정하면 끝까지 해내고야 마는 마크의 고집과 끈기를 잘 알고 있기에 그만두라는 말로 포기하지 않을 거라는 걸 알아차렸다. 게다가 마크의 의지를 꺾고 싶다면 아들과 이에 대한 논쟁을 벌여야 했다. 하지만 마크와의 논쟁에서 게임기 분해를 중단하게 할 만한 이유와 명분이 부족했다. 고작해야 그 게임기가 매우 비싼 것이며, 만약 망가뜨렸을 경우 다시 사주지 않을 거라는 협박밖에 없었다. 그런데 그런 걸로 굴복한 마크가 아니었고, 어머니 또한 비싼 장난감이라는 이유로 아들의 의욕을 꺾을 마음은 없었다.

"좋아. 새 게임을 만들기 위해서 게임기를 분해하는 거라면 허락해줄게. 대신 두 가지만 약속하자?"

"뭔데요, 엄마?"

"첫 번째는 네 말대로 꼭 새 게임을 만들 것, 두 번째는 만약 게임기가 망가지더라도 다시 사달라고 조르지 않을 것. 어때, 약속할 수 있어?"

"네, 엄마. 약속할게요."

마크는 환하게 웃으며 씩씩하게 고개를 끄덕였다. 그리고 그때부터 마크는 분해한 게임기를 가지고 새로운 게임을 만드는 작업에 몰두하기 시작했다. 하지만 기존의 게임기를 활용해서 새 게임을 만드는 건 생각처럼 쉬운 일은 아니었다.

게임 자체는 간단해 보여도 그것을 실행시키는 프로그램과 프로세서, 그리고 기계 구조들은 섬세하고 복잡했다. 이것을 열 살도 안 된 어린아이가 원리를 이해하고 그것을 응용해서 새로운 게임을 만들어내는 건 사실 불가능에 가까운 일이었다.

마크는 몇 날 며칠을 게임기를 가지고 씨름했다. 학교에서 돌아오면 자기 방에 틀어박혀 게임기에 대해 연구하며 나올 줄을 몰랐다. 다른 아이들 같으면 진즉에 포기하거나 지쳤을 텐데 마크는 조금도 그런 낌새 없이 게임기에 매달렸다.

마크는 무언가를 시작하면 시간 가는 줄 모르고 몰두하는 성격인 데다 결과가 나올 때까지 지치지 않고 끝까지 파고드는 집요함이 있었다. 그래서 마침내 한 달 넘게 끌던 게임기와의 싸움에서 마크는 멋지게 승리했다. 마크는 다시 조립한 게임기와 새로 만든 게임팩을 어머니께 당당히 보여드렸다.

게임기를 망가뜨려도
혼나진 않았어

마크가 컴퓨터나 기계를 좋아하게 된 건 성장환경 때문도 있겠지만 부모의 적극적인 지원 덕분도 크다. 마크의 부모는 게임기처럼 고가의 장난감을 분해하거나 컴퓨터를 뜯어보거나 기존의 물건을 재조립해서 새롭게 만드는 등, 마크가 자신의 호기심을 실행에 옮길 수 있는 기회를 무한정 허락해주었다.

그래서 다른 아이들이라면 고장 날까 봐 아예 엄두조차 못 내는 일들을 마크는 마음껏 저지를 수 있었다. 때로는 고장을 내거나 망가뜨리는 경우도 있었다. 하지만 마크의 부모는 그것을 이유로 나무라거나 못하게 막은 적은 없었다. 오히려 고장을 내면 어디에서 어떤 문제가 생겼는지 함께 연구하면서 마크가 직접 고칠 수 있도록 옆에서 도와주었다.

이런 경험들로 기계와 기술에 대한 마크의 지식과 열정은 더욱 깊어만 갔다. 그리고 그만큼 컴퓨터 앞에 앉아 있는 시간도 늘어만 갔다. 때로는 프로그램을 만들다 밤을 새우기도 했다. 그래도 힘들어하거나 지겨워하는 기색은 조금도 없었다. 언제나 마크의 머릿속은 새로운 프로그램에 대한 아이디어와 프로그래밍에 대한 생각으로 가득 차 있었다.

그런 아들을 보며 마크 부모는 대견하면서도 한편으로 아쉬운 마음도 들었다. 사실 그들은 나중에 아들이 자라서 법률가가 되어주기를 은근히 바라고 있었다. 자신들이 보기에 마크의 논리적이고 토론과 논쟁에 강한 면이 가장 큰 재능이고 장점이라 여긴 것이다. 그리고 이런 재능을 가장 잘 살릴 수 있는 길은 법조계로 진출하는 것이라고 믿었다. 그래서 마크 부모는 마크의 장래를 가지고 이런 말을 주고받았다.

"여보, 내 생각엔 마크가 판사보다는 변호사가 되는 게 좋을 것 같아요. 상대의 주장에서 허점을 잡아내어 그것을 논리적으로 반박하는 걸 보면 최고의 변호사가 될 것 같아요."

"내 생각에도 그래요. 마크는 논쟁에 강하고, 자신의 주장을 펼치길 좋아하는데, 판사는 양쪽의 의견을 다 들어 보고 난 다음에 가장 합리적인 판단을 해야 하는 역할이 잖아요. 아마 마크가 판사가 되면 변호사와 논쟁을 하고 싶어서 좀이 쑤실 거예요. 하하하!"

세상의 모든 부모는 자식의 장래에 희망과 기대를 가지기 마련이고, 그것을 근거로 미래를 예측해 보는 것이 큰 기쁨이자 즐거움이다. 마크의 부모 역시 영리한 마크를 보고 즐거운 상상을 하며 이런 수다를 자주 떨었다.

하지만 마크의 부모는 지혜로운 사람들이었기에 자신들이 원하는 걸 아이에게 강요해서는 안 된다는 걸 알고 있었다. 그것은 부모가 원하는 것일 뿐 아이가 원하는 게 아니며, 아이를 위해서라고 하지만 결국엔 부모 뜻대로 아이의 인생을 좌지우지하려는 욕심이라는 것도 잘 알고 있었다.

마크의 부모가 이런 생각을 가진 것은 자식의 인생에 대한 부모의 역할에 대해 확실한 신념을 가졌기 때문이었다. 또 마크가 부모의 뜻을 순순히 따르지 않을 거란 걸 잘 알기 때문도 있었다.

마크는 영리한 데다 주관이 강하고 고집도 세서 자신이 하고 싶어 하는 일을 부모의 기대 때문에 포기할 아이가 아니었다. 만약 부모가 자신들의 뜻을 마크에게 관철시키고자 한다면 기나긴 논쟁과 끝없는 갈등을 감수해야 했다. 그렇다고 그 논쟁에서 부모가 이긴다는 보장도 없었다. 그런 아들의 성격을 잘 알고 있기에 부모는 빨리 자신들의 욕심을 접고 마크가 원하는 것을 적극 밀어주는 게 현명하다는 결론을 내렸다. 그러나 그냥 지켜만 볼 생각은 아니었다. 지금까지는 그래 왔지만 이제부터는 좀 더 체계적으로 마크를 도와주고 지원해줄 방법을 모색하기로 했다.

그래서 마크의 부모가 첫 번째로 한 일은 마크에게 전문적인 컴퓨터 교육을 시켜주는 것이었다. 마크는 어렸을 때부터 아버지에게 컴퓨터와 프로그래밍에 대해 배웠지만 어느 순간부터 지식과 기술이 아버지를 넘어서 버렸다. 그런데 아무도 가르쳐주는 사람이 없어서 혼자 책을 보며 공부하고 프로그램을 개발할 수밖에 없었다. 그러니 프로그램 개발은 더뎠고 미완성으로 끝나는 경우도 많았다. 한 번 시작하면 끝장을 봐야 하는 마크의 성격상 지식과 기술 부족 때문에 중도에 포기하는 것에 큰 스트레스를 받고 있었다.

내게 딱 맞는 컴퓨터 선생님을 찾아야 했어

마크에게 제일 필요한 것은 한 단계 성장할 수 있도록 옆에서 가르쳐주고 지도해주는 선생님이었다. 그래서 마크의 부모는 소프트웨어 개발자 데이비드 뉴먼David Newman을 개인교사로 고용했다. 이 소식을 듣고 마크는 잠을 못 이룰 정도로 기뻐했다. 기쁨만큼 마크의 열정과 노력도 커져갔다.

뉴먼과 수업을 시작하면서 마크의 지식과 실력은 빠른 속도로 발전해갔다. 얼마 지나지 않아 뉴먼은 자신이 가르치는 학생이 그저 기술에 관심이 많은 어린아이가 아니라는 것을 깨달았다. 옆에서 아이디어와 기술에 대해 도와주기는 했기만 마크가 저크넷을 혼자서 프로그래밍하는 걸 보고 뉴먼은 깜짝 놀랐다. 아무리 컴퓨터에 재능이 있다고 해도 12살짜리 어린아이가 혼자 힘으로 해낼 수 있는 일은 아니었다.

뉴먼은 마크가 엄청난 지적 능력을 가진 컴퓨터 천재라는 사실을 다시금 깨달았다. 그것은 마크를 가르치기엔 자신의 실력이 부족하다는 뜻이기도 했다.

결국 뉴먼은 고심 끝에 개인교사 자리를 그만두기로 하고 마크의 부모에게 자신의 뜻을 밝혔다. 이유를 듣고 난 마크의 부모는 아들의 재능에 대해 칭찬받은 것은 무척 기쁘지만 한편으론 난감하기도 했다. 사실 그들은 마크의 재능을 살리기 위해 컴퓨터 전문가인 뉴먼을 개인교사로 고용한 것이 자신들이 할 수 있는 최선이라고 생각했다. 비록 고액의 과외료를 지불해야 했지만 마크의 실력이 쑥쑥 발전하는 걸 보면서 자신들의 선택에 만족하고 있었다. 이대로 계속 뉴먼이 마크를 지도해줄 거라고 안심하고 있었는데 갑자기 뉴먼이 그만두겠다고 하니 당황할 수밖에 없었다. 무엇보다 그만두겠다는 이유가 마크의 뛰어난 영재성 때문이라고 하니 기쁘면서도 난감했다. 컴퓨터 전문가도 감당하기 힘들 정도로 뛰어난 아들의 재능을 더욱 발전시켜주기 위해 어떤 교육을 시켜야 할지 막막하기만 했다.

마크의 컴퓨터 재능이 자신들의 예상보다 훨씬 뛰어나다는 걸 깨달은 부모는 아들의 교육문제를 두고 심각하게 고민하기 시작했다. 여러 곳을 알아본 마크의 부모는 마크의 교육에 가장 적합한 곳으로 답스 페리에 있는 머시 대학Mercy College을 택했다.

머시 대학에서는 목요일 저녁마다 대학원 수준의 컴퓨터 강좌를 진행하고 있었다. 대학생들보단 대학원생이나 컴퓨터와 관련된 일을 하는 일반인을 대상으로 한 컴퓨터 강좌였다. 이 강좌가 마크를 위한 최선의 프로그램이라고 생각한 마크의 부모는 매주 목요일마다 아들을 데리고 수업을 들으러 머시 대학으로 갔다.

마크는 아버지와 함께 어른들 사이에 앉아 수업을 들었다. 그런데 이런 모습이 다른 수강자들 눈에는 아버지를

머시 대학 전경과 내부.
12살 마크는 이곳에서 아버지와 함께 컴퓨터 강좌 전문가 과정을 들었다.

따라온 아들처럼 보였다.

어느 날 강사는 마크의 아버지에게 이렇게 물었다.

"미스터 저커버그, 혹시 실례가 되지 않는다면 아이와 수업에 같이 오시는 이유를 물어봐도 될까요? 왜냐하면 알아듣지도 못하는 수업에 와서 지루하게 앉아 있어야 하는 아이가 딱해 보여서요. 아이가 여기가 아니면 갈 데가 없는 건가요?"

갑작스런 강사의 질문에 마크의 아버지는 당황했다.

"네…? 아니 그런 건 아니고…."

그때 옆에 있던 마크가 끼어들었다.

"선생님, 이 강좌를 신청한 건 아버지가 아니라 바로 저예요!"

불쑥 끼어든 또랑또랑한 아이의 목소리에 강사는 깜짝 놀랐다. 놀란 시선을 살짝 아래로 내려 보니 기분이 상한 듯 눈썹을 찌푸리고 있는 12살짜리 아이가 보였다.

"뭐라고? 이 수업을 듣는 사람이 너라고? 아버지가 아니라?"

"네."

마크의 대답에 강사는 너무 놀라서 벌린 입을 다물지 못했다. 그리고 강사의 그런 태도에 마크는 기분이 확 상해버렸다. 이번에는 눈살까지 찌푸리며 '12살짜리 아이가 이 수업을 듣는 게 그렇게 놀랄 일인가요?'라고 표현하듯 강사의 눈을 노려봤다. 잠시 두 사람 사이에서 긴장감 넘치는 침묵이 흘렀다. 그 침묵을 깨기 위해 마크의 아버지가 나섰다.

"아이 말이 사실이에요, 선생님. 이 수업을 신청한 건 아들 마크고, 저는 마크의 보호자로 함께 와서 듣는 것뿐이에요. 아이 혼자 여기까지 오기에는 집이 조금 멀리 있어서요."

강사는 마크 아버지의 말을 듣고도 여전히 믿을 수 없다는 표정으로 고개를 설레설레 저었다. 이런 반응은 옆을 지나가다 우연히 세 사람의 대화를 듣고 발걸음을 멈춘 수강생들 역시 마찬가지였다. 다들 놀란 눈으로 마크를 바라봤다.

그럴 수밖에 없는 것이 12살짜리 아이가 컴퓨터 전문가들이나 들을 만한 수업을 듣는다는 건 천재라는 뜻이기 때문이었다. 그 후로 수업을 함께 듣는 수강생들 사이에서 마크는 컴퓨터 천재로 알려졌다. 그리고 그 말을 증명하듯 마크는 어른들 사이에서도 자신의 천재성을 마음껏 드러냈다.

2

학교만 다닌 게 아냐, 나는 언제나 개발자였어

스타워즈 시리즈에 미쳤어!

처음에는 '덕질'하기 바빴어

마크는 답스 페리에 있는 스프링 허스트 초등학교Springhurst Elementary School와 답스 페리 중학교를 다녔다. 답스 페리는 훌륭한 교육환경이 지역의 자랑거리일 정도로 좋은 학교가 많았다. 그중에서 마크가 다닌 스프링 허스트 초등학교나 답스 페리 중학교는 수업내용이나 프로그램이 훌륭하기로 유명했다. 그래서 우수한 학생들이 많았고, 학습 수준도 높은 편이었다. 마크는 초등학교와 중학교 내내 좋은 성적을 받은 우수생이었다. 하지만 좋은 성적을 위해 늘 책상에 앉아 있는 모범생은 아니었다. 사실 컴퓨터와 다른 재미있는 것들이 많은 탓에 책상에 앉아 공부하는 시간은 많지 않았다.

컴퓨터만큼이나 마크의 마음을 사로잡은 건 영화 〈스타워즈〉 시리즈였다. 그의 청소년기는 〈스타워즈〉와 함께한 시간이었다고 해도 과언이 아닐 정도로 마크는 이 영화의 광팬이었다. 〈스타워즈〉 시리즈의 모든 영화를 몇 번이나 반복해서 봤는지 대사와 장면까지 줄줄 외울 정도였다. 그리고 대부분의 광팬들이 그렇듯 마크도 포스터를 비롯해 캐릭터인형이나 소품 같은 영화와 관련된 물건들을 모으기 바빴다.

미국에서는 〈스타워즈〉 시리즈 같은 인기 영화는 최고 성수기인 5월 말 '메모리얼 데이'에 주로 개봉했다. 그래서 〈스타워즈〉 신작 개봉 소식이 들리면 마크는 어서 빨리

STAR WARS

1987년에 개봉한 스타워즈 시리즈인 〈제다이의 귀환〉.

5월 말이 되기만 손꼽아 기다렸다.

물론 얌전히 개봉일을 기다린 건 아니었다. 매일 밤 인터넷으로 수많은 〈스타워즈〉 광팬들과 함께 신작에 대한 이야기꽃을 피웠다. 그리고 친구들과 함께 〈스타워즈〉를 드레스코드로 한 신작 개봉 축하파티까지 열었다. 마크는 다스베이더의 검은 가면과 긴 망토를 두르고 광선검을 휘두르며 나타나서 열렬한 환호를 받았다.

사실 여기까지는 수많은 광팬들이 많이 하는 짓이다. 하지만 괴짜인 마크는 한발 더 나아가 〈스타워즈〉 패러디 영화까지 만들었다. 마크는 직접 각본을 쓰고 감독과 주연은 물론이고 비디오카메라로 촬영까지 해서 '못 말리는 스타워즈'라는 영화를 제작했다.

패러디 영화와
게임도 만들었지

20여 분도 안 되는 단편 패러디 영화지만, 영화 제작에 임하는 마크의 태도는 매우 진지했다. 마크는 매일같이 출연 배우들을 모아서 제작 회의를 하고 촬영을 하곤 했다. 출연 배우라고 해봤자 친구들 몇과 누나와 여동생 둘이 전부였다. 하지만 마크는 연기 경험이 전혀 없는 소수의 배우들 중에서 역할에 어울릴 만한 캐스팅을 하기 위해 고심에 고심을 거듭했다.

고심 끝에 주인공인 루크 스카이워커 역할은 이 영화의 감독이자 각본가인 마크가 맡기로 했다. 그리고 오직 키가 크다는 이유로 키가 제일 큰 친구가 다스베이더 역할을 맡고, 역시 해리슨 포드와 머리색깔이 같다는 이유로 그 친구에게 한솔로 역을 맡겼다. 치열했던 남자 주인공 캐스팅이 끝나자 더 치열한 여자 주인공 캐스팅이 기다리고 있었다. 레아 공주는 여주인공인 데다 유일한 여자 역할이기 때문에 여자 출연자들은 다들 이 배역에 욕심을 내고 있었다.

"오늘은 레아 공주 역할을 정하기로 하자. 자, 누가 맡고 싶어?"

마크의 말이 끝나자마자 랜디와 도나, 아리엘이 동시에

손을 들었다. 마크는 매우 진지하고 근엄한 표정을 지으며 여배우들을 쳐다봤다.

"자신이 레아 공주 역할을 맡아야 하는 이유에 대해 말해주세요."

"당연히 내가 해야지. 아무렴 레아 공주를 이 꼬맹이들한테 맡길 순 없잖아."

제일 먼저 나선 랜디가 어린 여동생들을 내려다보며 의기양양하게 말했다. 남자 배우들은 랜디의 말에 동의하는 듯 고개를 끄덕거렸다. 하지만 키가 작은 여배우들도 가만히 앉아서 여주인공 역할을 뺏길 순 없었다.

"여주인공이 키하고 무슨 상관이야. 예쁜 얼굴이 제일 중요하지. 얼굴은 언니보단 내가 더 예쁘니까 당연히 내가 레아 공주를 맡아야 하지 않겠어?"

도나의 반격이 나름 일리가 있는 듯 마크를 비롯한 남자 배우들은 다시 고개를 끄덕거렸다. 여배우들 사이에서 몇 차례 설전이 오갔다. 결국 여주인공은 남자배우들끼리 비밀투표를 부쳐서 결정하기로 했다.

STAR WARS

1978년에 개봉하고 1997년에 재개봉한 스타워즈 시리즈의 〈새로운 희망〉.
마크와 친구들은 패러디 영화를 만들며 주인공 역할을 정하는 데 설전을 벌였다.

SF영화의 특성과 캐릭터의 특징을 잘 살릴 수 있는 의상과 소품을 구하는 것도 큰 문제였다. 마크는 친구들과 함께 지하창고부터 마을의 재활용센터까지 의상과 소품을 구하러 다녔다.

그중에서 마크가 제일 심혈을 기울인 캐릭터는 〈스타워즈〉의 마스코트 알투디투R2D2 로봇이었다. 사람 역할은 의상과 소품으로 특징을 살릴 수 있지만 로봇은 외형을 만드는 것부터 어려웠다. 이런저런 시도 끝에 마크는 쓰레기통을 이용하기로 했다. 그리고 쓰레기통을 뒤집어쓸 배우로 여주인공 캐스팅에서 탈락한 여배우들 중에 가장 키가 작은 여동생을 택했다. 여동생은 싫다고 징징거렸지만 마크의 열의를 꺾을 순 없었다. 마크는 여동생에게 쓰레기통을 뒤집어씌우고 거기다 알투디투처럼 장식을 했다. 그러자 제법 그럴싸한 알투디투가 탄생했다.

〈스타워즈〉 시리즈에 대한 마크의 열정은 영화 제작에서 그치지 않았다. 자신의 특기를 살려 〈스타워즈〉의 줄거리를 바탕으로 한 컴퓨터 게임도 만들었다. 주로 모노폴리의 응용 버전이나 세계를 지배하는 것이 목표인 리스크

게임의 응용 버전이었다.

새로운 것에 관심을 가진다는 것은 그동안 알지 못했던 새로운 세계를 만나는 것과 같다. 마크는 SF영화인 〈스타워즈〉에 빠지게 되면서 과학소설에도 관심을 갖게 되었다. 그는 아이작 아이모프를 비롯해 유명한 공상과학 소설가들의 작품을 닥치는 대로 읽어나갔다. 그중에서 마크가 가장 좋아한 책은 SF소설 독자들에게 걸작으로 인정받은 오슨 스캇 카드Orson Scott Card의 《엔더스 게임》이라는 공상과학 소설이었다.

이 책의 주인공인 앤드류 위긴(혹은 엔더)은 특별한 재능을 가진 소년으로 전쟁 시뮬레이션 게임으로 전투 훈련을 받고 있었다. 버그 종족의 침입으로 인류는 대위기를 맞게 되었다. 그래서 지구의 지도층들은 엔더 같은 컴퓨터 조작에 특별한 능력을 가진 소년들을 훈련시켜 버그와의 전쟁을 치르고 있었다. 그리고 엔더가 뛰어난 능력을 발휘해 침략자인 버그 함대를 전멸시킨다는 내용으로 공상과학소설의 전형성을 띠고 있다.

SF소설의 거장인 오슨 스캇 카드(좌)와 그의 대표작인 《엔더스 게임》(1985년 작)(우) 표지.

하지만 이 소설은 단순히 소년을 주인공으로 한 SF전쟁 소설이 아니었다. 이 소설은 출간 당시인 1985년대 전 세계를 양분하던 미국과 소련의 냉전 체제에 대한 비판의식이 담겨 있었다. 그리고 갈등의 원인과 화해의 단초는 '소통'이라는 것을 내용의 반전을 통해 강조하고 있었다. 마크는《엔더스 게임》을 통해 소통의 중요성을 알게 되었다. 오해는 소통의 부재에서 시작되며, 그로 인해 수많은 불행과 파멸을 가져올 수 있다는 걸 실감했다. 또한 불행을 막는 유일한 길도 소통을 위한 노력밖에 없다는 것을 깨달았다.

〈스타워즈〉와 SF과학소설은 마크의 상상력과 창의력에 불을 지펴주었다. 그것은 컴퓨터밖에 모르던 마크를 더 넓고 새로운 세계로 인도하는 방향등 같은 것이었다.

지금까지 마크는 오직 프로그래밍에 대한 기술과 지식에만 몰두했다. 하지만 프로그래밍만 잘하는 건 기술자에 지나지 않는다는 걸 깨달았다. 중요한 건 프로그래밍 기술만큼 무엇을 위해 어떤 프로그램을 만드냐는 것이었다. 그 '무엇'을 찾기 위해선 자신이 모르던 세계에 대한 탐구가 필요했다. 자신이 알고 있는 지식과 경험만 가지고는 턱없이 부족했다. 그것을 깨닫고 마크는 역사와 문학, 언어학 등 다양한 분야의 책을 닥치는 대로 읽기 시작했다.

보딩 스쿨로 전학을 가게 되었어

처음 집을 떠나 본 거야

컴퓨터와 책 속에 파묻혀 살던 마크의 인생에 갑작스런 변화가 찾아왔다. 명문 사립 보딩 스쿨(기숙사 학교)인 필립스 엑시터 아카데미Phillips Exeter Academy로부터 입학 허가가 떨어진 것이다. 당시 마크는 답스 페리 중학교를 졸업하고 아즐리 고등학교Ardsley High School 10학년을 다니고 있었다. 이제 마크는 집을 떠나 엑시터 아카데미로 전학을 가야 했다. 처음으로 가족과 떨어져야 했고, 기숙사로 들어가 낯선 사람들과 생활해야 했다. 이것만 해도 수줍음 많고 처음 보는 사람에겐 낯을 가리는 마크에게 스트레스가 되는 큰 변화였다. 하지만 지금보다 더 좋은 교육을 받기 위해선 가족과 헤어지는 슬픔을 견뎌야 했다. 마크도 그것을 알기에 순순히 부모의 뜻에 따랐다.

1781년에 설립된 필립스 엑시터 아카데미는 미국의 사립학교 중에서도 최고로 손꼽히는 학교다. 뉴햄프셔와 매사추세츠 주 등 보스턴 인근에는 미국의 명문 사립학교인 '프렙 스쿨'이 몰려 있다. 필립스 엑시터 아카데미도 뉴햄프셔 주 엑시터Exeter에 있었다. 마크의 부모가 많은 사립학교 중에서 필립스 엑시터 아카데미를 택한 것은 과학과 수학에서 명성이 높은 학교이기 때문이었다. 일찍부터 과학과 수학 등 이과 분야에서 재능을 보인 마크에게는 안성맞춤인 학교였다.

필립스 엑시터는 학년과 규칙에 구애받지 않고 자신

이 원하는 과목을 자유롭게 들을 수 있는 교육 시스템으로 유명했다. 엑시터에는 인류학, 영어, 수학부터 고전 언어와 현대 언어, 연극과 무용까지 450여 가지 과목을 망라한 열아홉 개 학과가 있었다. 학생들은 모든 과목 중에서 자신이 공부하고 싶은 수업을 스스로 계획하고 선택할 수 있었다. 또한 100개가 넘는 클럽과 20여 가지 스포츠로 구성된 66개의 스포츠팀, 15개 이상의 공연 팀 등 학업 외에 다양한 경험을 할 수 있는 기회가 학생들에게 제공되었다.

뉴햄프셔 주에 위치한 필립스 엑시터 아카데미.
미국 최고의 사립학교로 과학과 수학 분야에 명성이 높다.

필립스 엑시터 아카데미의 '하크니스 테이블'.
교사의 개입을 최소화하고 학생들의 토론으로 만들어지는 수업이다.

이렇게 필립스 엑시터 아카데미에는 다른 사립학교와 다른 장점과 차별성이 많았지만 그중에서도 마크 부모가 이 학교를 선택한 가장 큰 이유는 토론식으로 진행되는 독특한 수업방식 때문이었다. 토론식 수업의 대명사로 알려질 정도로 필립스 엑시터에서는 과학 과목까지 거의 모든 수업을 토론으로 진행하고 있었다. 그래서 각 교실에는 토론식 수업의 상징인 '하크니스 테이블(Harkness table)'인 타원형 테이블이 있다.

수업 때 교사는 토론의 원활한 진행을 위한 보조자나 조언자 역할만 할 뿐이고, 실질적인 수업의 진행은 학생들의 참여로 이루어진다. 좋은 성적을 받기 위해선 학생들이 적극적으로 토론에 참여해서 자신의 의견과 논리를 말해야 한다. 어렸을 때부터 부모와의 질의응답으로 토론에 익숙한 마크에겐 최적의 수업 방식이었다. 마크가 수업 때마다 학생들 사이에서 두각을 드러내는 건 너무도 당연한 일이었다. 그래서 마크는 모든 수업에서 좋은 성적을 받았다.

학교 생활은
'버라이어티' 했어

마크의 능숙한 토론 실력 뒤에는 풍부한 인문학적 지식과 교양이 있었다. 사실 토론식 수업은 인문학적 소양이 풍부한 학생에게 유리하다. 과학 수업이라고 해서 과학 이론에 대해서만 토론하는 게 아니다. 예를 들어, 뉴턴의 만유인력과 아인슈타인의 상대성 이론에 대한 토론에서 뉴턴은 틀렸고 아인슈타인은 옳았다는 단순한 결론만 말할 순 없다. 결론이 정해져 있더라도 두 사람 사이에는 몇 백 년의 시간과 사회문화적 변화가 놓여 있다는 걸 고려해야 한다.

과학의 발전은 과학자 개인의 능력만큼 그것을 수용할 수 있는 학계와 대중의 인식 수준도 중요하다. 그래서 마크는 과학 이론에 대한 토론에서도 역사적 배경이나 과학적 발전을 촉진시킨 사회문화적 변화까지 다양한 근거를 들어 자신의 주장을 펼쳤다. 이런 인문학적 지식은 초등학교와 중학교 때 마크가 읽은 수많은 책에서 나온 것이었다. 그때 다양한 분야의 독서를 통해 쌓아둔 지식과 교양이 필립스 엑시터에 와서 활짝 꽃을 피우기 시작한 것이다.

그리고 그 꽃은 과학과 수학뿐만 아니라 고대 그리스어와 라틴어 등 고전 언어 분야에서도 나타났다. 마크는 고전 과목에서도 뛰어난 소질을 보였다. 우수한 학생들도 어려워하는 라틴어와 고대 그리스어에서 마크는 매번 높은 점수를 받았다. 그래서 엑시터 11학년 말에 하버드 대학교에서 진행되는 여름학기에 참가해서 3개월 과정으로 진행되는 고대 그리스어 수업을 듣기도 했다.

학업 외 활동 중에서 마크가 관심을 보인 건 뜻밖에도 펜싱이었다. 그는 펜싱 클럽에 가입해서 꽤 적극적으로 활동했다. 그래서 2000년 뉴욕에서 열린 미국 펜싱 협회의 지역 경기에서 최우수 선수로 선정되기도 했는데, 그렇게 어린 선수가 선정되는 것은 매우 드문 일이었다.

첨단 기술을 달리는 컴퓨터 천재와 고대 언어, 그리고 구시대의 전투 방식인 펜싱은 뭔가 어울리지 않는 조합이다. 그런데 마크는 양 극단에 위치한 기술과 문화를 진심

필립스 엑시터의 펜싱 수업.
마크는 펜싱 클럽에서 재능을 보이며 2000년 지역 경기에서 최우수 선수로 선정되었다.

으로 좋아했고 뛰어난 재능을 보였다. 특히 펜싱에 대한 마크의 열정은 유별날 정도였다. 펜싱을 하는 것보다 더 재미있는 것은 없다고 할 정도로 그는 펜싱 그 자체를 즐겼다.

학교 담 넘는 게 귀찮아
간식거리 주문 사이트를 개발했지

마크는 과학 올림피아드와 라틴어 영예 학생 클럽뿐만 아니라 수학팀 등 다양한 분야에도 참여했다. 그리고 모든 분야에서 좋은 성적을 거두었다. 그러기 위해서 마크는 1분 1초를 아껴가며 바쁘게 살아야 했다. 그런 바쁜 생활 속에서도 컴퓨터로 프로그램을 만드는 건 빼놓을 수 없는 하루 일과였다. 끊임없이 새로운 프로그램에 대한 아이디어를 구상하고 밤마다 컴퓨터 앞에서 프로그램을 개발했다. 그리고 때로는 자신이 개발해낸 프로그램을 다른 학생들과 공유했다.

당시 마크의 관심을 끄는 것은 생활에서 일어나는 사소한 문제를 보다 효율적이고 편리하게 해결할 수 있는 방법이었다. 예를 들어, 학교 규칙을 어기지 않고 간식거리를 좀 더 편하게 살 수 있는 방법 같은 거였다.

필립스 엑시터의 모든 학생들은 기숙사에서 생활했다. 따라서 기숙사에서 제공되는 밥만 먹어야 하고, 학교 매점에서 파는 간식만 먹을 수 있었다. 보통 학교에서 제공하는 메뉴들은 성장기 아이들을 위해 건강과 영양을 고려한 최고의 식단임엔 분명했다. 그러나 문제는 영양은 최상이지만 맛이 썩 좋지 않다는 거였다. 특히 한창 성장기의 아이들에겐 뭔가 자극적이고 맛있는 군것질거리가 절실했다. 그래서 학생들은 군것질거리를 사기 위해 종종 학교 담을 넘기도 했다. 물론 그 학생 중에 마크도 끼어 있었다.

하지만 맛있는 것을 먹기 위해 학교 담을 넘는 것도 한두 번이지, 계속 그럴 수는 없었다. 더구나 담을 넘다 들켰을 때의 위험과 마을까지 먼 길을 달려갔다 오는 수고가 너무 컸다. 학교 담을 넘다 들켜서 벌점을 받은 학생들의 원성과 간식원정대를 뽑기 위해 매일 밤마다 벌어지는 제비뽑기의 긴장감은 나날이 높아만 갔다.

몇 번 학교 담을 넘어본 경험자로서 마크는 이 문제를 그냥 넘어갈 수 없었다. 그래서 반 친구인 크리스토퍼 틸러리Kristopher Tillery와 함께 이 문제를 해결하기 위한 방안을 모색하기 시작했다.

목표는 온라인으로 간식거리를 주문할 수 있는 웹 사이트를 만드는 거였다. 당시만 해도 대규모 온라인 쇼핑몰이 활성화되지 않았을 때였다. 그래서 물품 선택부터 결제까지 복잡하고 어려운 단계가 많았다. 마크와 크리스토퍼는 몇 달 동안 고생해서 간식 주문 웹 사이트를 만들어냈다. 그리고 이 웹 사이트를 모든 학생들에게 오픈했다. 그 후로 필립스 엑시터에선 학생들이 먹기 위해 학교 담을 넘는 일은 사라졌다. 이제 학생들은 마크가 만든 웹 사이트를 통해 다양하고 맛있는 군것질거리를 편안하게 먹을 수 있게 되었다.

MP3용 소프트웨어
'시냅스'를 개발했어

생활의 불편함을 개선하기 위한 마크의 다음 목표는 음악에 관한 것이었다. 그때는 아이팟이 대중화되기 전이라 대부분의 학생들은 자기 방에서 컴퓨터로 음악을 들었다. 그런데 재생 목록이 다 끝나면 음악이 멈추기 때문에 계속 들으려면 다시 플레이 버튼을 눌러야 했다. 또한 듣고 싶은 목록을 일일이 지정하는 것도 불편했다. 마크는 이 불편함을 해결할 방법에 대해 고민하기 시작했다. 그래서 같은 반 친구인 애덤 디안젤로Adam D'Angelo에게 자신의 생각을 말했다. 애덤은 코딩 실력에 있어선 마크보다 한 수 위라고 인정받는 친구였다.

"애덤, 재생 목록이 끝날 때마다 일일이 플레이 버튼을 누르는 게 귀찮지 않아?"

엉뚱한 생각을 자주 하는 마크의 성격을 잘 알고 있기에 애덤은 컴퓨터 모니터에서 시선을 떼지 않고 시큰둥하게 대답했다.

"글쎄…, 난 잘 모르겠는데. 그게 뭐 그리 어려운 일도 아니잖아."

"아니지. 우리야 개인이 듣는 거니까 대수롭지 않게 생각할 수 있지만, 만약 컴퓨터로 음악을 계속 틀어야 한다면 굉장히 불편한 일일 거 아냐."

"그러면 음악이 끊어지지 않게 재생 목록을 최대한 길게 만들면 되잖아."

"그런데 그렇게 긴 재생 목록을 만들려면 곡 지정을 몇 번이나 해야 되는지 알아? 마우스 클릭하다가 손가락이 부러질걸?"

마크의 과장된 말에 애덤은 피식 웃으며 하던 작업을 멈추고 마크를 쳐다봤다.

"그래서 손가락이 부러지지 않을 좋은 방법이라도 있는 거야?"

"애덤, 생각해봤는데 말이야. 내가 일일이 곡을 지정하지 않아도 컴퓨터가 알아서 재생 목록을 만드는 방법은 없을까?"

"컴퓨터가 알아서? 선곡 기준도 없이 무작위로?"

"아니지. 컴퓨터에는 내가 들었던 곡의 데이터가 있잖아. 그러니까 그것을 바탕으로 내가 다음에 듣고 싶은 곡을 유추해낼 수 있을 거라고."

애덤은 마크가 엉뚱한 발상에서 시작했지만 기발한 아이디어로 발전하는 걸 몇 번이나 경험했다. 이번에도 마크가 기발한 걸 생각해냈다는 걸 깨닫고 애덤은 적극적으로 관심을 보이기 시작했다.

"마크, 네 말은 이전에 들은 곡들을 바탕으로 사용자의 음악 취향에 맞게 재생 목록을 만들어내는 프로그램을 개발하자는 거야?"

"가능하지 않을까?"

"좋아, 한번 해보자!"

마크와 애덤은 그 날로 프로그램 개발 계획을 짜기 시작했다. 그리고 몇 달 동안 고생해서 사용자의 음악 취향을 바탕으로 디지털 목록을 생성할 수 있는 MP3 플레이어 소프트웨어인 '시냅스Synapse'를 개발해냈다. 마크가 처음 만든 프로그램인 저크넷이 에이오엘 인스턴트 메신저의 선도 격이었다면, 시냅스는 사용자가 잘 모르는 곡 중에서 사용자의 취향에 맞을 것 같은 곡들을 찾아내어 재생 목록을 구성할 수 있는 프로그램이었다.

마크와 애덤은 졸업 과제물로 ‘시냅스’를 제출했다. 그리고 인터넷의 소프트웨어 개발 사이트에도 ‘시냅스’ 소프트웨어를 공개했다. ‘시냅스’에 대한 정보와 프로그램은 인터넷에서 급속도로 퍼지기 시작했다. 컴퓨터 프로그램뿐만 아니라 각종 기술 관련 블로그에까지 시냅스에 대한 글이 실렸다. 자칭 ‘컴퓨터광들을 위한 뉴스’ 사이트인 〈슬래시닷Slashdot〉이라는 웹 사이트에서 시냅스에 대한 칭찬 후기가 계속해서 올라왔다. 그리고 〈피씨 매거진PC Magazine〉에서는 별 다섯 개 만점에 세 개의 점수를 받았다. 여기 외에도 여러 웹 사이트에서 시냅스에 대한 좋은 평가가 계속 올라왔다.

시냅스에 대한 반응이 얼마나 뜨거웠는지를 잘 알려주는 일화가 있다. 당시 컴퓨터 업계에서 제일 잘 나가는 회사가 마이크로소프트사Microsoft와 에이오엘AOL였다. 마이크로소프트사와 퍼스널 컴퓨터의 대중화로, 에이오엘은 온

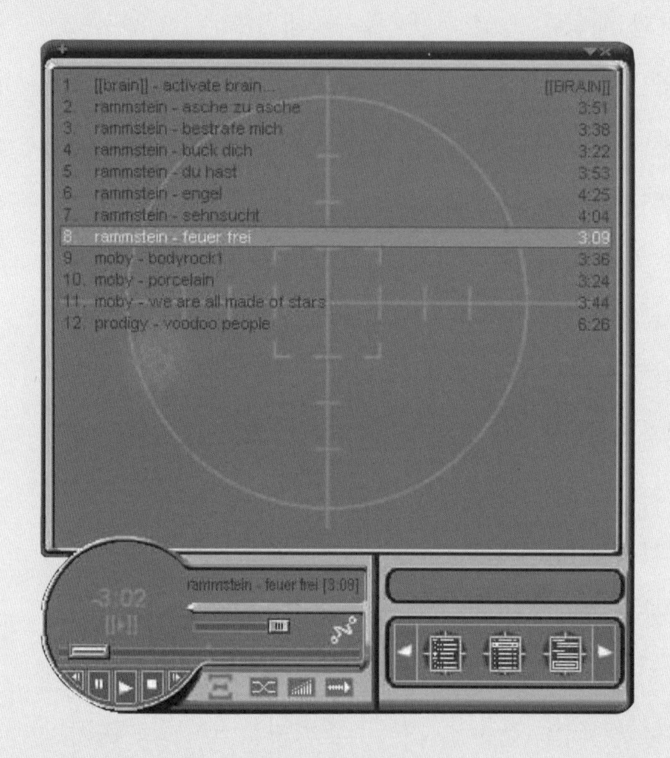

마크와 친구가 개발한 MP3 플레이어 프로그램 '시냅스'.
당시 프로그램에 대한 반응이 뜨거워 마이크로소프트사와 에이오엘에서 구매와 고용을 제안했다.

라인 전송 서비스 개발로 유명한 회사였다. 컴퓨터 업계에서 일하는 사람들에겐 가장 취업하고 싶어 하는 회사 1순위로 꼽히는 마이크로소프트사와 에이오엘에서 마크에게 제안을 해왔다. '시냅스'를 백만 달러에 사고 싶으며 시냅스의 성능 개발을 위해 마크와 애덤을 고용하겠다는 제안이었다. 아직 고등학생인 그들에겐 상상도 못 할 정도로 파격적인 조건이었다.

이 제안을 받고 마크와 애덤은 기쁘기보단 얼떨떨했다. 그동안 전혀 예상하지 못했던 '시냅스'에 대한 호평과 인기에 무척 기뻐했다. 하지만 그것이 이렇게 기업의 제안으로 현실화될 줄은 상상도 못 했다. 그러나 그 어마어마한 제안 앞에서 둘은 고민에 빠졌다. 두 사람의 장래가 달린 문제라 쉽게 결정할 수 없었다. 마크와 애덤은 이 문제를 가지고 몇 번이나 진지한 대화를 나눴다.

"애덤, 넌 이 제안을 받아들일 거야?"

"글쎄…. 솔직히 어떻게 해야 할지 잘 모르겠어. 좋은 기회라는 건 알지만…."

"사실은 나도 그래. 프로그래머로 일한다면 꼭 가고 싶은 회사이긴 한데… 아직은 이르다는 생각이 들어. 그리고 이 제안을 받아들이면 대학 진학은 힘들어질 것 같고….”

“나도 그 점이 걸려. 일찍 취업하는 건 좋지만 아직 배워야 할 것도 많은데…. 지금 대학 진학을 포기하고 취업을 선택했을 때 나중에 후회하지 않을 자신이 없어.”

“대학 진학도 문제지만, 실은 내가 가장 마음에 걸리는 건 이 일로 인해 내 생각의 방향이 바뀌는 거야. 다시 말하면, 돈에 욕심을 가지게 되는 거.”

마크가 갑자기 돈에 대한 얘기를 꺼내자 애덤은 의아한 눈으로 쳐다봤다.

“마크, 그게 무슨 말이야? 넌 우리가 많은 돈을 벌 수 있는 게 기쁘지 않아?”

“물론 기쁘지. 신기하기도 해. 그런데 그보다는 두려움이 더 큰 것 같아. 이러다가 내가 무슨 프로그램을 만들 때 이게 재미가 있을까 없을까를 먼저 생각하는 게 아니라 이게 장사가 될까 안 될까를 먼저 생각하게 될까 봐.”

“그게 무슨 말이야? 돈을 버는 게 두렵다는 거야?”

애덤은 마크의 말이 이해가 되지 않는 듯했다. 마크는 자신의 진짜 고민을 털어놔야겠다고 생각했다.

“애덤, 우리가 ‘시냅스’를 만들 때 돈을 목적으로 한 건 아니었잖아. 재밌게 하다 보니까 그 결과로 큰돈을 벌 기회가 온 것이지.”

“그거야 그렇지. 이렇게 성공할 줄은 꿈에도 생각 못 했으니까.”

“바로 그거야. 난 우리가 돈을 목적으로 하지 않았기 때문에 좋은 프로그램을 만들 수 있었다고 봐. 지금까지 내가 프로그램을 만든 이유는 내가 재미있어 보이는 것을 만들어 다른 사람들과 나누어 쓰고 싶은 마음에서였어. 그런데 만약 돈을 벌고 싶어 시작했다면 내가 그 프로그램을 재미있게 만들 수 있었을까 하는 의문이 들어.”

마크의 말을 듣고 그제야 이해한 듯 애덤은 고개를 끄덕였다.

“마크, 네 말이 맞아. 우리가 돈을 먼저 생각했다면 ‘시냅스’를 만들지 않았을 거야. 사람들이 좋아해줄 거라고는 상상조차 못 했으니까. 우린 그저 우리의 아이디어를 실제화시키고 싶은 마음만 있을 뿐이었지."

"나는 프로그램 개발자나 새로운 걸 만드는 사람들에겐 돈에 이끌리지 않는 순수한 마음이 필요하다고 생각해. 어른들은 철없는 소리라고 할지 모르겠지만 가장 좋은 동기는 내 호기심과 관심과 재미의 충족이야. 그래야만 좋은 아이디어가 떠오를 수 있다고 생각해. 그래서 결과가 좋으면 당연히 돈도 벌 수 있겠지. 하지만 돈이 목적이라면 과연 재미있는 아이디어들이 떠오를 수 있을까?"

"맞아. 우리가 회사에 프로그래머로 취업하고 나면 어쩔 수 없이 돈을 위해 아이디어를 짜내야겠지. 내가 재미를 느끼는 쪽보다는 장사가 될 만한 것으로 말이야."

"그래, 애덤. 내 말이 그 말이야. 나는 특히나 거대기업에서 그 프로그램을 우리에게 산 다음, 사용자에게 유료로 서비스한다는 방침이 마음에 들지 않아. 나는 내가 만든 프로그램을 유료로 사용하게 하고 싶진 않거든."

"그래? 좋은 생각이지만, 그건 좀…, 너무 이상주의가 아닐까?"

"아니야. 난 그게 꿈이거든. 내가 만든 아주 편리하거나 기분 좋은 프로그램을 모두에게 무료로 사용하게 하는 거야. 그래야 사람들이 서로에게 부담 없이 권할 수 있잖아. 내가 웹의 세계를 미치게 좋아하는 이유는 평등성과 연결성 때문이야. 누구나 접근할 수 있다는 점과 서로 연결되어 있다는 게 매력이거든. 물론 개발자가 되어 큰돈을 버는 것도 근사한 일이지만, 모든 개발의 목표는 돈이 아니라, 세상을 조금이라도 좋은 쪽으로 변화시키는 것이라고 생각해. 나는 앞으로 진짜 멋진 개발을 해서 내 꿈을 이루고 싶어."

마크는 조심스럽게 자신의 결론을 말했다. 마크는 고등학교 과정을 통해 인문학의 기초를 공부하면서 자신도 모르는 사이 '컴퓨터 덕후'에서 벗어나 사고의 폭이 확장된 사람으로 부쩍 성장해 있었다. 애덤 역시 마크의 말을 듣고 갈팡질팡하던 생각을 정리했다. 정말 중요한 건 돈이 아니라 좋은 프로그램을 만들고 싶은 동기와 의지라는 걸 깨닫고 두 사람은 어마어마한 제안을 정중히 거절했다. 그리고 마크는 마침내 애덤의 동의를 얻어 '시냅스' 프로그램을 모든 이들에게 무료로 공개하기로 결정하며 자신의 꿈에 한 걸음 다가갔다. 백만 달러짜리 프로그램을 무료로 공개한 대단한 배짱이었다.

어쨌든 하버드엔 가고 싶었지

시냅스로 인한 폭풍이 지나가자마자 마크는 하버드 대학교로 진학하기 위한 준비에 들어갔다. 미국의 대학은 고등학교 학업성적과 SAT·GPA 성적보다 입학지원 에세이가 더 중요하다. 특히 하버드를 비롯한 아이비리그 대학들은 에세이 비중이 높다. 에세이에는 대학에 지원하는 목적과 이유뿐만 아니라 학창 시절 동안 자신이 한 활동과 경험, 수상 경력까지 구체적인 내용을 적어야 한다. 그래서 이 대학에 진학하려는 학생들은 몇 달 동안 에세이 쓰기에 매달린다.

마크는 역시 에세이 쓰기에 매달렸다. 하버드 대학교에 진학하려는 이유와 목적, 과학, 수학, 천문학, 물리학, 고

전 연구 등 다양한 분야에서 받은 수상 경력들을 빠짐없이 적어 넣었다. 그리고 프랑스어, 히브리어, 라틴어, 고대 그리스어 등 몇 가지 언어를 공부했으며 자신의 언어 능력에 대해서도 상세하게 기술했다. 하버드 대학교는 학업 외의 활동도 매우 중요하게 생각한다. 그래서 마크는 필립스 엑시터에 다니는 동안 펜싱 클럽에서 열심히 활동한 내용과 미국 펜싱 협회의 지역 경기에서 최우수 선수로 선정되었다는 것을 강조했다. 그리고 자신의 경력 중에서 가장 중요한 '저크넷'과 '시냅스' 등 컴퓨터 프로그램 개발에 대한 내용도 상세히 적어 넣었다.

마크는 몇 번이나 쓰고 고치고를 반복하며 정성스럽게 에세이를 작성해서 하버드로 보냈다. 그리고 기다렸던 합격 통지서가 하버드로부터 날아왔다. 2002년 9월, 마크는 하버드 대학교에 입학했다.

3

하버드 촌티, 엄청난 일을 벌이다

하버드의 촌티 패션을 주도했어

사시사철 발가락이 보이는 삼선 슬리퍼를 신고 다녔지

하버드는 미국 최초의 대학이자 아이비리그에서 늘 첫 순위로 꼽는 명문대학이다. 오랜 세월 하버드는 미국뿐만 아니라 세계 유수의 명문대학 중에서도 최고의 대학이란 명성을 지켜왔다.

그 명성과 역사만큼 하버드는 미국을 넘어 전 세계적으로 영향을 끼치는 인물들을 배출해냈다.

그리고 매해 9월이 되면 2,000여 명의 신입생들이 위대한 선배들의 뒤를 잇기 위해 매사추세츠 주 케임브리지 시에 있는 하버드의 캠퍼스로 모여든다. 겉모습은 여느 학생들과 다를 것 없어 보이지만, 한 사람 한 사람이 각 지역이나 국가에서 손꼽을 만큼 똑똑하고 우수한 인재들이다. 그중에는 정치가나 기업가, 귀족 가문 등 특권층의 자제도 있고, 어려서부터 신문지상에 이름을 날린 천재, 신문기자와 팬들을 이끌고 다니는 유명 스타들도 있다.

마크도 전 세계에서 모여든 수많은 인재 중 한 사람으로 하버드 캠퍼스에 입성했다. 하지만 하버드로 옮겨간 마크는 컴퓨터 실력을 제외하면 딱히 눈에 띌 만한 구석이 없는 평범한 학생일 뿐이었다. 그리고 겉모습으로 따지면, 솔직히 평균보다 못 미치는 수준이었다. 172센티미터의 작은 키에 갈색 곱슬머리와 주근깨 가득한 얼굴은 이성에게 인기 있을 만한 외모가 아니었다. 하버드 학생들은 공

세계 최고의 대학으로 꼽히는 하버드 대학교의 전경.

부도 잘했지만 뛰어난 외모의 선남선녀들도 많았다.

문제는 거기에서 끝나지 않았다. 진짜 최악이었던 것은 그의 패션 센스였다. 교복처럼 입고 다니는 폴라폴리스 소재의 후드점퍼와 청바지까지는 촌스럽긴 했지만 봐줄 만은 했다. 그러나 그것이 흰 양말과 아디다스 삼선 슬리퍼에 이르면 가히 촌스러움을 넘어 패션 테러리스트적인 면모를 보이고 있었다.

하버드 학생 대부분이 티셔츠와 청바지를 즐겨 입었지만 나름의 멋을 추구하는 경우가 많았다. 또한, 사시사철 삼선 슬리퍼를 신고 다니지는 않았다. 특히 데이트를 하거나 파티가 있는 날에는 정장 차림으로 한껏 멋을 부렸다. 하지만 마크는 그런 특별한 날에도 아랑곳하지 않고 아디다스 슬리퍼를 끌고 나타났다.

촌스러운 패션에 대한 고집만큼 마크는 성격도 타인과 친해지기 쉬운 편이 아니었다. 사실 냉정하게 평가하면 처음 만나는 사람들에게 호감보다는 비호감의 요소가 많았다. 그래서 2학년이 될 때까지 친구가 별로 없었다.

하버드에서 친구를 사귈 수 있는 공간은 사교클럽과 기

마크의 상징과도 같은 아디다스 슬리퍼.
그는 아무리 중요한 일이 있어도 슬리퍼를 신고 캠퍼스에 나타나곤 했다.

숙사에 한정되어 있었다. 1, 2학년 때까지 정해진 전공 없이 자신이 원하는 수업을 듣다가 3학년에 올라가서 전공을 정하기 때문에 과 친구라는 개념도 없었다. 이런 이유로 하버드생들은 학교에 입학하자마자 다양한 클럽에 가입한다. 사교성이 좋은 학생들이야 캠퍼스 잔디밭에서도 친구를 만들 수 있겠지만 마크처럼 내성적이고 호감을 주기 힘든 외모를 가진 학생들은 여기밖에 기회가 없었다.

그래서 마크도 유대인 학생 사교 클럽인 '알파 엡실론 파이(Alpha Epsilon Pi)'에 가입했다. 열세 살 때 뉴욕 주 태리타운Tarrytown에 있는 베스 아브라함 사원Temple Beth Abraham에서 바르미츠바(Bar Mitzvah, 유대교에서 13세가 된 소년이 치르는 성인식) 의식을 치렀기 때문에 그도 어엿한 유대교 신자였다. 하지만 마크는 독실한 유대교 신자도 아니고 종교에 별로 관심도 없었다. 그저 같은 유대인이고 유대교를 믿는 집안에서 자랐다는 공통점 때문에 '알파 엡실론 파이'에 가입했다.

처음에는 마크도 클럽 활동에 열의를 보였다. 전 세계에서 온 다양한 사람들을 만나는 것이 신기하고 재밌었다. 하지만 비사교적인 성격에 비호감적 요소가 많은 마크가 클럽 활동에서 열의만큼의 성과를 내기는 어려웠다. 무엇보다 매번 맥주를 마시면서 시끄럽게 잡담을 나누다 돌아오는 클럽의 분위기가 마크에게는 별로 맞지 않았다.

마크는 떠들썩한 파티보단 기숙사 방에서 혼자 컴퓨터 코드를 만드는 게 더 마음 편하고 재밌었다. 분명 클럽 활동은 자신이 모르던 다양하고 새로운 분야를 접할 수 있는 기회였다. 하지만 그걸 위해 소란과 소음 속에서 억지로 사람들과 부대끼는 게 마크의 성격에는 맞지 않았다. 결국 마크는 여유시간이 났을 때도 '알파 엡실론 파이'가 아니라 자신의 기숙사 방으로 향하게 되었다.

심리학 공부를 하며 사람에 대한 통찰이 생겼어

마크는 컴퓨터와 관련된 수업을 많이 들었다. 컴퓨터 공학을 전공하기 위해 하버드에 왔으므로 이것은 당연한 일이었다. 특이한 것은 마크가 심리학 수업도 많이 들었다는 점이다. 하버드에선 1, 2학년 때까지 지망하는 전공과 상관없이 다양한 과목을 들을 수 있다. 그래서 이공계열 지망의 학생들은 자신에게 부족한 인문학적 지식을 채우기 위해 역사나 미술사의 과목을 많이 선택한다. 그렇지만 컴퓨터 공학을 전공할 계획을 가진 학생이 심리학 수업을 듣는 경우는 별로 없었다.

마크가 처음 심리학에 관심을 가지게 된 것은 젊은 시절 정신과 의사였던 어머니의 영향 때문이었다. 컴퓨터 마니아였던 아버지 덕분에 컴퓨터와 쉽게 친해지게 되었다면, 정신과 의사 출신 어머니 덕분에 심리학과 쉽게 친해지게 되었다. 심리학은 들어가면 들어갈수록 새로운 창으로 인간을 바라볼 수 있는 경이로운 세계였기에 마크는 그 공부에 점점 매료되고 있었다.

그러면서 마크는 인간에 대한 다면적이고 입체적인 안목이 생기게 되었다. 그리고 이것은 새로운 프로그램을 구상하는 데 많은 영향을 주었다. 보통의 컴퓨터 프로그래머들은 '필요'와 '효율'을 목적으로 프로그램을 구상한다. 하지만 마크는 그보다 프로그램을 사용할 사람들을 먼저 생각했다. 사람들이 원하는 것, 사용하면서 얻는 좋은 기분, 만족을 얻는 지점, 불편함을 느끼는 이유 등에 대해 고민했다. 이런 고민들 속에서 그는 새로운 프로그램에 대한 영감을 얻었다.

그래서 마크에게 컴퓨터 공학과 심리학은 다른 분야의 동떨어진 학문이 아니었다. 그에게 컴퓨터는 편리와 효율을 위한 기계가 아니라 사람을 위한 도구였다. 그는 컴퓨터가 사람들의 마음을 열고, 다른 사람과 연결될 수 있는 좋은 통로라고 생각했다. 그 통로가 사람들이 서로를 더 잘 알고 이해하는 데 도움이 될 거라고 믿었다. 하지만 1학년이 끝나갈 때까지 통로가 될 만한 확실한 방법을 찾지는 못했다. 그런데 그 실마리를 커크랜드 하우스the Kirkland House에서 세 명의 친구를 만나면서 찾게 되었다.

마크는 2학년에 올라가서 커크랜드 하우스 H33호로 방을 옮겼다. 커크랜드 하우스는 운동 마니아 남학생들이 좋아하는 상급생 기숙사 중 한 곳이었다. 그런데 기숙사 방 배정이 추첨제로 바뀌면서 하급생도 그곳에 들어갈 수

하버드 기숙사 중에 하나인 커크랜드 하우스.
이곳에서 마크는 크리스, 더스틴, 에두아르도 등 중요한 시절을 함께할 친구들을 만났다.

있게 되었다. 이 기숙사는 보통 500여 명의 학생들이 생활하는데 헬스클럽, 휴게실, 오락실, 음악실 같은 편의시설과 교내에서 음식 맛이 괜찮기로 소문난 식당이 있었다. 방 배정은 보통 크기에 따라 한 방 또는 한 호실에 네 명에서 여섯 명의 학생들이 입주했다.

마크는 노스캐롤라이나 주North Carolina 히커리Hickory 에서 온 크리스 휴즈Chris Hughes와 같은 방을 썼다. 그는 미국 최초의 사립 고등학교이자 하버드의 고등학교라 불리는 앤도버Andover의 필립스 아카데미Phillips Academy 출신이었다. 크리스는 마크와 달리 여자들이 좋아할 만한 미남형이었다. 겉으로 보기에 두 사람은 친할 구석이 별로 없어 보였지만 뜻밖에도 죽이 잘 맞았다. 역사학과 문학을 공부하는 크리스의 전공과 고대역사에 관심이 많은 마크의 관심사가 둘을 빨리 친하게 만들어주었다. 그래서 두 사람은 2층 침대를 분해해서 매트리스를 나란히 놓고 밤새도록 역사적 사건에 대한 토론을 하기도 했다.

그리고 마크는 커크랜드 기숙사에서 그의 인생에서 중요한 시기를 함께한 더스틴 모스코비츠Dustin Moscovitz, 에두

하버드 시절의 마크와 룸메이트 크리스 휴즈.
둘은 역사를 좋아한다는 관심사가 같아 친하게 지내며 우정을 나누었다.

아르도 세버린Eduardo Saverin을 만났다. 플로리다 주Florida 오칼라Ocala 출신인 더스틴은 경제학을 공부하면서도 컴퓨터 프로그래밍에 관심이 많았다. 브라질계 미국인인 에두아르도는 브라질 상파울루São Paulo의 부유한 기업가 집안에서 태어났다. 그의 아버지는 수출, 의류, 선박, 부동산업 등 다양한 사업으로 큰 부를 일군 브라질의 유명한 기업가였다. 아버지의 사업재능을 물려받은 에두아르도는 자신만의 기후 패턴분석으로 석유 회사의 주식을 사서 30만 달러를 벌어들이기도 했다. 이 일로 에두아르도는 하버드 내에서 유명인사가 되어 있었다.

하버드 촌티에서 하버드 스타로

역시 재미있는 것은 개발이야

살아온 환경이나 목표로 하는 전공분야, 성격, 취미 등은 다 달랐지만 네 사람은 친구가 되었다. 그들은 기숙사 방에 모여서 술을 마시며 게임도 하고, 밤새도록 토론을 벌이기도 했다. 그들의 토론 주제는 사소한 것부터 거창한 것까지 다양하고 풍부했다. 그중에서 가장 관심을 끈 것은 마크의 프로그램 아이디어였다. 마크는 뭔가 새로운 프로그램에 대한 아이디어가 떠오르면 친구들에게 이야기해주었다. 그러면 그 아이디어를 가지고 토론이 벌어졌다. 그 속에서 더 좋은 아이디어로 발전시키기도 하고 개선점이나 추가할 점들이 쏟아지기도 했다. 그들의 토론은 일종의 개발 회의 같은 거였다.

당시 마크의 관심을 끄는 웹 사이트가 하나 있었다. 그것은 2003년 초에 인터넷에 공개된 '버디 주(Buddy Zoo)'라는 웹 사이트였다. '버디 주'는 사람들을 연결시켜주는 아주 기본적인 형태의 소셜 네트워크로 몇 달 만에 사용자가 수십만 명에 이를 정도로 폭발적인 인기를 얻었다. 이 사이트를 개발한 사람은 바로 마크의 고등학교 때 친구이자 시냅스의 공동 개발자였던 애덤 디안젤로였다.

마크는 하버드로 가고 애덤은 캘리포니아 공과대학교(칼텍 CalTech, the California Institute of Technology)에 진학하면서 자주

마크와 더스틴 모스코비츠.
마크는 대학시절에 만난 친구들과 함께 소셜 네트워크 사이트의 기본 개념을 만들어갔다.

만날 수는 없지만 메신저로 연락을 주고받고 있었다. 그래서 '버디 주'에 대한 정보를 누구보다 많이 알고 있었다.

마크는 '버디 주' 웹 사이트를 크리스와 더스틴, 에두아르도에게 보여주고 이 프로그램에 대해 설명해주었다.

"이 '버디 주' 사이트의 특징은 사용자들이 자신의 친구 목록을 다른 친구들에게 공개하는 거야. 그러면 그 친구들이 이 목록을 보고 자신의 친구 목록과 비교해볼 수 있는 거지."

"그런데 다른 사람의 친구 목록 같은 게 왜 중요하지? 그리고 그걸 내 친구 목록과 비교할 필요가 있을까?"

"자…, 네가 어느 날 어떤 여자를 봤는데 첫눈에 반해버렸어. 그런데 그녀에 대해서는 아무것도 몰라. 아는 건 딱 하나, 우리 학교 학생이라는 거지. 그거 외에 그녀를 찾을 수 있는 방법은 없어. 그런데 내 친구의 친구 목록에 그녀의 얼굴이 딱 있는 거야. 어때, 이제 친구 목록의 중요성을 알겠어?"

마크의 설명에 세 사람은 동시에 "아~!" 하고 감탄사를 터뜨렸다.

"그러니까 친구 목록을 통해 인맥지도를 만들 수 있다는 거구나!"

"맞아! 바로 그거야. 우리가 친구를 통해 새로운 친구를 만나게 되는 것과 같은 원리라고 보면 돼. 그런데 '버디주'를 통하면 친구가 소개해주지 않아도 내가 직접 만날 수 있는 거야. 즉, 친구의 인맥이 내 인맥이 될 수 있는 길이 생긴 거지."

"역으로 생각해보면, 친구 목록을 통해 그 사람에 대한 정보도 알 수 있겠네."

"물론이지. 첫눈에 반한 아가씨에 대한 정보를 알아내고 싶다면 그녀의 친구 목록을 통해 역추적해서 알아내는 거지."

"그러기엔 친구들에 대한 정보가 기초적인 것 외엔 별로 없는 것 같아. 일부러 정보를 공개 안 하는 거야? 아님 거기까지 개발이 안 된 거야?"

"실은 이 사이트를 만든 사람이 내 고등학교 때 친구 애덤이란 친구야. 그런데 이 친구가 사이트에서 손을 떼버렸어."

"왜? 사용자가 수십만 명이 될 정도면 대성공인데?"

"맞아! 여기서 조금만 더 키우면 대박이 날 수 있는데 왜 손을 뗀 거야?"

"나도 잘 몰라. 애덤은 그저 재미있는 실험을 했을 뿐이라고만 해."

친구들은 애덤이 '버디 주' 사이트를 방치해버린 이유를 이해하지 못했다. 그것은 마크 역시 마찬가지였다. 애덤이 이 사이트에 대해 좀 더 진지한 생각을 가지고 '버디 주'를 지금보다 더 발전시켰더라면 하는 아쉬움이 있었다. 그런 아쉬움만큼 '버디 주' 사이트를 가지고 다양하게 응용해보고 싶은 마음도 컸다. 친목과 함께 생활에 뭔가 실질적인 도움이 될 만한 주제를 가지고 이런 프로그램을 만들어보고 싶었다.

그리고 일주일 동안 밤을 새워서 2학년 가을 학기가 시작될 무렵에 마크는 텍스트를 기반으로 한 매우 간단한 형식의 '코스 매치(Course Match)'라는 웹 사이트를 하나 만들어냈다.

'코스 매치'는 학생들이 자신이 신청한 수업 과목들을

컴퓨터 작업에 열을 올리고 있는 마크.
마크는 하버드에서 페이스북에 모태가 될 사이트들을 만들어나갔다.

공개하는 사이트였다. 이 사이트의 목적은 다른 학생들이 공개한 신청 과목들을 토대로 자신이 신청할 수업 과목을 선택하는 데 도움을 주는 것이었다. 과목명을 클릭하면 누가 그 수업을 듣는지 알 수 있고, 특정 학생을 클릭하면 그 사람이 듣는 다른 수업 과목도 볼 수 있었다.

'코스 매치' 사이트는 하버드생들로부터 뜨거운 환호를 받았다. 사이트가 인터넷에 뜨자마자 하룻밤 사이에 수백 명의 학생들이 접속할 정도였다. '코스 매치'가 수업 신청을 할 때 실질적인 도움을 준다는 점도 있었지만, 학생들의 인기를 끈 이유는 아직 친구가 되지 못한 사람끼리의 연결성 때문이었다.

어쩌다 보니
엄청난 일을 저지른 거야

'코스 매치'의 성공으로 마크는 하버드의 유명 인사가 되었다. 캠퍼스를 돌아다니거나 강의실에 들어가면 마크를 먼저 알아보고 말을 거는 사람들이 있을 정도였다. 어떤 사람은 마크의 친구들에게 그를 소개시켜달라는 부탁까지 했다. 마크도 사람들이 자신을 대하는 태도가 전과 달라진 것에 기분이 좋았다. 자신이 만든 결과물에 대한 사람들의 인정만큼 그동안 마음속으로만 품고 있던 생각들에 자신감과 확신이 생겨났다.

그 자신감 때문일까? 몇 주 후, 마크는 사람들의 호평을 한순간에 악평으로 돌아서 버리게 만든 엄청난 짓을 저질렀다. 사건의 발단은 제시카라는 여학생 때문이었다.

2003년 10월 28일 오후에 마크는 시내 클럽에서 제시카라는 여학생과 만나게 되었다. 하지만 그 만남은 달콤한 데이트가 아니라 격렬한 말싸움이 되어버렸다. 마음이 상한 마크는 기숙사로 돌아와 자신의 블로그에 제시카를 비난하는 글을 써버렸다. 그래도 마크는 기분이 풀리지 않았다. 뭔가 정신을 집중할 획기적인 일이 필요했다.

그는 눈을 감고 머리를 굴리기 시작했다. 만약 그때 그의 손에 맥주가 들려 있지 않고, 옆에서 친구들이 부채질을 하지 않았더라면, 그리고 컴퓨터 화면에 커크랜드 기숙사 명부 대신 다른 게 있었더라면 그의 악동 기질이 활개 치지 않았을 것이다. 하지만 불행히도 이 세 가지가 동시에 있었고, 고개를 든 마크의 악동 기질은 거침없이 키보드 위를 달려버렸다.

그리고 그날 밤, 마크는 하버드 여학생들의 얼굴을 비교하는 '페이스매시닷컴(Facemash.com)'이라는 사이트를 만들었다. 목적은 하버드에서 제일 예쁜 여학생을 찾는다는 것이었다. 그리고 여학생 두 명의 사진을 올려놓고 사이트 방문자들이 더 예쁜 쪽에 공개투표를 하는 방식이었다. 마크는 처음에 동물 사진과 여학생 사진을 가지고 어느 쪽이 더 나은지 투표에 부치려고 했다. 다행히 친구들의 만류로 동물 사진과 비교하는 것은 그만뒀다. 대신 이름이 같은 여학생 둘을 투표에 부치도록 프로그램을 만들었다.

문제는 여학생들의 사진을 구하는 거였다. 사진을 구하려면 모든 재학생의 정보가 기록되어 있는 하버드 대학교의 학생 명부가 필요했다. 자정이 가까운 시간에 재학생 명부를 구할 길은 해킹밖에 없었다. 마크와 친구들은 잠시 멈칫했다. 이유는 두 가지였다. 하버드의 보안시스템을 뚫을 수 있을 것인가와 만약 해킹한 걸 들켰을 때 받을 처벌에 대한 두려움이었다. 이에 대한 마크의 대답은 간단했다.

"첫 번째, 내가 하버드의 보안시스템을 뚫을 수 있다는 걸 보여줄게. 두 번째, 문제가 생기면 내가 전적으로 책임질게. 됐지?"

마크는 자신의 말대로 보안전문가들이 만들어놓은 하버드의 정교한 보안시스템을 무력화시켜버렸다. 그리고 온라인 학생 명부에 있는 재학생들의 증명사진을 다운로드 받았다.

자정 무렵, 마크는 자신의 블로그에 '하버드 페이스매시 : 진행 중'이라는 글을 올리고, '페이스매시닷컴' 홈페이지를 공개했다. 그리고 그날 밤 하버드 기숙사는 '페이스매시' 때문에 들썩거렸다.

사이트가 열리자마자 450명이 넘는 학생들이 회원으로 가입했고, 방문 횟수만 무려 2만2천 번이나 되었다. '페이스매시'에 대한 소문은 이메일과 메신저와 전화를 타고

순식간에 퍼져나갔다. 기숙사 방마다 '페이스매시' 때문에 소란스러웠다. 남학생들은 '페이스매시'를 보고 환호성을 질렀고, 여학생들은 저주를 퍼부었다. 이유야 무엇이든 '페이스매시'로 몰려드는 수많은 학생들 때문에 커크랜드 기숙사의 인터넷망에 과부하가 일어나기 시작했다. '페이스매시'로 인한 한밤의 소동은 결국 학교 당국이 커크랜드 기숙사의 인터넷 연결을 끊어버리고서야 잠잠해졌다.

다음날 학교에선 '페이스매시'로 인한 소동에 대한 진상조사를 시작했다. 그리고 금방 이 사건의 범인이 마크라는 게 밝혀졌다. 마크는 곧 징계위원회에 회부되었다. 그리고 학생들의 사생활을 침해하고 학교 시스템을 해킹해서 학교의 자산을 무단으로 다운로드한 행위에 대해 중징계를 받았다. 사실 마크는 퇴학당할지 모른다고 걱정했는데 다행히 퇴학 처분은 아니었다. 아마도 마크가 학교의 보안시스템을 해킹한 것은 큰 잘못이지만 해킹으로 얻은 정보를 돈을 받고 팔거나 상업적으로 이용하지 않았다는 점에서 정상참작이 된 모양이었다.

훗날 마크는 그 사건에 대해 자신의 치기 어린 행동으로 인해 상처를 받았을 모든 사람과 하버드 대학교 경영진에게 학교 규칙을 어긴 점에 대해 사과했다. 그는 장난으로 만든 사이트가 그렇게 엄청난 인기를 끌 줄 몰랐고, 그것이 학우들의 프라이버시를 침해한다는 점을 미처 고려하지 못했다는 것을 시인했다.

이 사건으로 마크는 하버드에서 그 이름을 모르는 사람이 없게 될 정도로 유명해졌다. 다만 '코스 매치' 때와 달리 그에게 '하버드 대학교의 네트워크 데이터베이스를 해킹한 아이'라는 악평이 달렸다. 그런데 바로 이 점 때문에 마크를 주목하는 사람들도 있었다. 바로 컴퓨터광들과 컴퓨터와 관련된 사업을 계획하고 있는 예비 벤처 사업가들이었다.

실제로 많은 해커들이 자신의 실력을 자랑하기 위해 하버드의 보안시스템을 해킹하려고 시도했다. 하지만 철통방어를 자랑하는 학교의 보안시스템을 뚫기란 쉽지 않았다. 그런데 그걸 해냈다는 건 마크의 컴퓨터 실력이 무척 대단하다는 의미였다.

마크를 주목하는 많은 사람들 중에서 윙클보스Winklevoss 형제와 디브야 나렌드라Divya Narendra도 있었다. 그들은 〈하버드크림슨〉지에서 악명 높은 '페이스매쉬'에 대한 기사를 읽고 그 사이트를 만든 개발자가 마크라는 사실을 알았다. 당시 그들은 '하버드커넥션(HarvardConnection)'이란 웹 사이트를 만들 계획을 가지고 실력 있는 프로그래머를 찾고 있던 중이었다. 마크가 자신들의 계획을 실행시켜 줄 적임자라고 판단한 그들은 곧 마크에게 함께 일하자는 제의를 해왔다.

무엇이 옳은 걸까?

대박을 꿈꾸는 친구들을 만나게 되었어

윙클보스 형제와 디브야 나렌드라는 하버드에서 꽤 알려진 유명 인사들이었다. 쌍둥이 형제인 캐머런 윙클보스Cameron Winklevoss, 타일러 윙클보스Tyler Winklevoss는 잘생긴 외모와 하버드 대학교

조정 경기팀 선수라는 점 때문에 여자들에게 인기가 많았다. 그들은 코네티컷 주Connecticut의 부촌인 그리니치Greenwich 출신으로 아버지 하워드 윙클보스Howard E. Winklevoss 박사는 펜실베이니아 대학교 와튼 스쿨(Wharton School of Business at the University of Pennsylvania)의 교수였다. 우애가 좋은 이 쌍둥이 형제는 스스로 하이퍼텍스트 마크업 언어(HyperText Markup Language(HTML))를 깨우칠 정도로 컴퓨터에 재능을 보였다. 이들은 일찍부터 컴퓨터와 인터넷을 기반으로 한 사업에 눈을 떠서 기업의 웹 사이트를 제작해주는 회사를 설립하는 등 여러 가지 시도를 하고 있었다.

이 쌍둥이 형제의 친구이자 함께 '하버드커넥션' 사업을 구상한 디브야 나렌드라는 뉴욕 주 퀸즈Queens 베이사이드Bayside에서 성장했다. 디브야는 미국의 대학입학 자격시험(SAT)에서 거의 만점에 가까운 점수를 받을 정도로 뛰어난 수재로 유명했다. 그는 내과 의사인 부모님의 직업을 이을 생각으로 응용수학을 전공하고 있었는데, 윙클보스 형제와 친해지게 되면서 인터넷 사업 쪽에도 관심을 갖게 되었다.

커넥트유(ConnectU) 설립자인 타일러 윙클보스(좌), 캐머런 윙클보스(우),
디브야 나렌드라(중간).

2002년 12월, 윙클보스 형제와 디브야는 하버드 대학교 학생들 간의 친목 도모를 위한 웹 사이트를 구상하고 있었다. 이 사이트의 목적은 하버드 대학교 학생들의 프로필을 수집하는 것이었다. 어떤 학생이 자신의 사진과 프로필, 수업 과목과 관심 있는 분야, 구직 정보 등을 사이트에 올리면 다른 사용자가 공개한 정보를 보고 데이트를 신청하거나 관심 분야가 같으면 서로 정보를 교환할 수 있는 공간으로 제공할 계획이었다. 그리고 처음엔 하버드 대학생들을 대상으로 하고 점점 다른 대학교 학생들까지 그 범위를 넓힐 계획을 가지고 있었다.

그들은 자신들의 구상이 매우 획기적이라고 생각하고 한껏 들떠 있었다. 이 대단한 계획은 크게 성공할 것이며, 엄청난 수익을 낼 거라고 확신하고 있었다. 웹 사이트 하나가 대박을 터뜨리는 일도 많았기에 윙클보스 형제와 디브야의 기대가 아주 허황된 것도 아니었다. 그들은 이 대단한 웹 사이트의 이름을 '하버드커넥션'이라고 지었다.

그동안의 개발들과는 차원이 달랐지

문제는 이 대단한 웹 사이트를 실제로 만드는 일이었다. 당시 소셜 네트워크의 수준은 매우 기본적인 형태였다. 애덤 디안젤로가 만든 '버디 주'나 마크가 만든 '코스 매치'처럼 한두 개를 주제로 한 웹 사이트 개발은 어렵지 않았다. 하지만 다양한 주제를 다 담을 수 있는 프로그램을 구현하려면 복잡하고 다양한 코드를 만들 수 있어야 했다. 하버드커넥션의 초창기에 빅터 가오Victor Gao 등 여러 프로그래머들이 뛰어들었지만 웹 사이트 개발 작업은 계속 난항을 겪고 있었다. 윙클보스 형제와 디브야는 자신들의 계획이 실현되기 위해선 코드 프로그래밍의 고수가 필요하다는 것을 깨달았다.

그때 마침 마크 저커버그가 악명을 드날리며 혜성처럼 나타났다. 그들은 마크야말로 자신들의 구세주라고 판단하고 '하버드커넥션' 프로젝트에 그를 영입하기로 결정했다. 연락책을 맡고 있던 디브야는 11월 초에 자신들의 계획을 담은 이메일을 마크에게 보냈다. 이메일에는 자신들이 계획하고 있는 웹 사이트에 대한 설명과 발전 전망, 그리고 웹 사이트가 성공했을 때 기대되는 수익과 수익 배분에 대한 내용까지 담겨 있었다.

마크는 하버드를 뒤흔들 이 엄청난 프로젝트에 꼭 동참해주길 바란다는 디브야의 이메일을 받아 보고 흥미가 생겼다. 그래서 이 프로젝트에 동참하기로 결정하고 즉시 웹 사이트의 코드를 완성하기 위한 작업에 들어갔다. 마크는 디브야와 이메일을 주고받으며 코드 작업의 진전 상황에 대해 알려주었다. 그리고 11월 말, 마크는 빅터와 디브야에게 '코드 작업을 거의 다 끝냈고, 이제 그래픽 작업만 하면 사이트를 오픈할 수 있을 것 같다'는 내용의 이메일을 보냈다. 마크의 이메일을 받고 윙클보스 형제와 디브야는 드디어 성공이 눈앞으로 다가왔다며 자축의 샴페인을 터뜨렸다.

하지만 그것이 마크가 보낸 마지막 이메일이었다. 디브야, 타일러, 캐머런의 주장에 따르면, 마크는 계속 일정 회의를 미루기 시작했고, 전화를 받지 않았으며 이메일에도 답을 하지 않았다고 한다. 계속 연락이 되지 않자 초조해진 윙클보스 형제와 디브야는 커크랜드 하우스의 마크의 방으로 찾아갔다.

마크는 매우 초췌해진 모습으로 문을 열어주었다. 방으로 들어서자 그들의 눈에 제일 먼저 띈 것은 한쪽 벽에 걸려있는 화이트보드였다. 거기에는 '하버드커넥션'이란 제목 아래로 휘갈겨 쓴 다양한 코드들로 가득 채워져 있었다. 마크는 윙클보스 형제와 디브야에게 이 프로젝트에 대한 자신의 노력과 코드 작업 완성단계의 어려움에 대해 설명해주었다. 그들은 마크의 설명을 듣고 별다른 소동 없이 그냥 돌아갔다. 처음에는 마크의 멱살이라도 잡을 기세로 쳐들어왔지만 그런다고 문제가 해결되지 않을 거라는 걸 깨달았기 때문이다. 그들로선 마크가 빨리 작업을 완성시켜주길 기다리는 수밖에 없었다.

하지만 그들의 바람에도 불구하고 2004년 1월 11일 마지막 회의에서 마크는 지금까지 작업한 것들을 넘겨주고 하버드커넥션 작업에서 빠지겠다고 선언했다. 대박이 보장된 '하버드커넥션' 프로젝트가 좌초될 위기에 빠져버린 것에 대해 윙클보스 형제와 디브야는 대단히 실망했다. 그들의 실망은 얼마 후 마크가 탈퇴를 선언하기 3일 전에 '더페이스북닷컴(TheFacebook.com)'이란 사이트를 등록했다는 걸 안 순간 엄청난 분노로 바뀌었다. 그리고 장장 7년에 이르는 기나긴 소송전이 시작되었다.

뭐가 잘못된 걸까?

'하버드커넥션'으로 인한 윙클보스 형제와 디브야, 그리고 마크 사이에 일어난 분란에서는 분명 마크의 잘못이 있었다. 제일 큰 잘못은 마크가 '더페이스북닷컴'이란 사이트를 만들고 있다는 것을 말하지 않은 거였다. 그리고 그 작업 때문에 '하버드커넥션' 작업에 차질을 빚게 한 거였다. 하지만 자신들의 독보적인 아이디어를 마크가 도용했다는 윙클보스와 디브야의 주장에 대해선 동의하기 힘든 점들이 있었다.

당시 '하버드커넥션' 같은 사이트를 구상하던 사람들은

많았다. 그때가 기초적인 형태의 소셜 네트워크에 대한 실험이 끝나고 한 단계 진화하려던 시점이었기 때문이다. 마크 역시도 그런 아이디어를 가지고 있었다. '코스 매치'나 온라인 스터디를 위한 사이트를 만든 것도 자신의 아이디어를 실험해보기 위해서였다.

그런 점에서 보자면 이 문제는 아이디어의 독보성이 아니라 그런 아이디어를 누가 먼저 진화된 소셜 네트워크로 구현해내느냐 하는 거였다. 즉, 컴퓨터 프로그래밍 실력과 얼마나 수익성이 있느냐가 이 문제의 본질이었다. 이 문제에 대해 마크는 완벽한 해결책을 가지고 있었다. 그는 애초부터 발전된 소셜 네트워크를 구현해낼 만한 프로그래밍 실력이 있었다. 그리고 마크는 다른 사람들과 달리 처음부터 돈을 목적으로 사이트를 만들려는 마음이 없었다.

아이러니하게도 수익성에 대한 고려가 없다는 것이 마크를 자유롭게 해주었다. 그는 오래전부터 컴퓨터와 인터넷이 사람들 사이를 연결하는 소통의 통로가 되어줄 거라고 생각했다. 그리고 그 본질에만 충실한 사이트를 만들고 싶어 했다. 자신을 표현할 수 있고, 다른 사람들을 알 수 있고, 그래서 서로 간에 소통할 수 있는 인터넷 공간을 구현하고 싶었다. 하지만 여기에 수익성을 먼저 고려하게 되면 광고나 다른 잡다한 요소들이 끼어들 수밖에 없게 된다. 사용자의 만족보다 개발자의 수익이 앞서게 되면 사이트는 점점 지저분해지고 사용자는 불편해진다. 이러한 이유로 잘 나가던 사이트가 사용자들이 빠져나가면서 순식간에 망하는 경우도 많이 일어났다. 마크는 이 점을 잘 알고 있었다. 수익성보다 사이트의 본질에만 충실하려는 그의 신념은 결코 이상주의자의 철없음이 아니었다.

진짜 내 꿈이 뭔지
알게 되었어

마크는 자신이 원하는 형태의 웹 사이트를 만들기로 결심했다. 그리고 자신의 계획을 에두아르도 세버린, 더스틴 모스코비츠, 크리스 휴즈, 아리 하시트 등 믿을만한 극소수의 친구들에게만 털어놓았다. 이 일은 혼자만의 힘으론 할 수 없기 때문에 친구들의 동의와 참여가 필요했다. 모두 맥주 한 병씩을 손에 들고 마크의 말을 기다렸다.

"내가 전부터 구상하던 소셜 네트워크를 기반으로 한 웹 사이트가 하나 있어. 사용자들이 자신의 생각이나 관심사, 좋아하는 것들, 자신에 대한 정보와 친구 목록 등 자신을 표현하고 공개할 수 있는 사이트지. 물론 사용자들끼리 다른 사람의 정보를 볼 수 있고, 서로 의견도 나누면서 소통할 수 있어."

"내가 듣기에 '버디 주'와 '코스 매치' 등을 이것저것 합쳐놓은 백화점 버전 같은데."

"비슷해. 이제 하나의 정보를 얻기 위해 사이트에 접속하는 시대는 끝났어. 하나의 사이트에서 수많은 정보들을 얻길 원하니까."

"그건 마크 네 말이 맞지만 그런 서비스는 '마이스페이스'가 이미 하고 있잖아. 그와 비슷한 것 가지고는 경쟁이 안 될 텐데, 그것과 차별화할 수 있는 다른 점이 있어?"

늘 날카로운 분석력으로 마크의 아이디어를 한 단계 업

그레이드시켜주는 크리스가 한마디 했다. 그의 질문에 마크는 기다렸다는 듯 환한 미소를 지으며 대답했다.

"좋은 질문이야, 크리스. 아마 몇 가지 참신한 아이디어를 더하고 빼는 정도만 다르고 기본 포맷은 '마이스페이스'와 비슷할 거야. 그리고 앞으로도 이런 포맷이 기본 형태가 되지 않을까 싶어. 하지만 아이디어 몇 개 가지고는 차별화가 될 수 없겠지. 그래서 나는 사용자들이 좀 더 쉽게 참여하고 공유할 수 있는 기능을 최대화시키려고 해. 지금은 게시물에 댓글을 다는 방식으로 자신의 의사를 표현하지만 그보다 더 간단하면서도 효율적인 방법을 생각하고 있어."

"그럼 지금보다 쉽게 공유할 수 있는 방법은 뭐야?"

"지금은 마음에 드는 게시물이 있으면 복사하거나 링크를 거는 것밖에 없어. 하지만 이건 불편하고 번거롭지. 좀 더 간단하게 클릭 한 번으로 내 페이지에서도 보이게 만드는 거야."

"그 기능은 네가 만든 사이트 내에서만 가능한 거야?"

"그건 우리와 다른 사이트를 얼마나 많이 연결시키느냐

에 달려 있지. 난 최대한 많은 사이트들과 연결시켜서 우리 사이트의 범위를 계속 확장시켜나갈 계획이야."

"음…, 괜찮은 아이디어네. 그런데 수익성은 어떻게 만들 거야?"

사업에 관심이 많은 에두아르도가 그의 최대 관심사인 돈에 관한 얘기를 꺼냈다. 사실 마크로선 친구들을 설득하는 게 가장 어려운 숙제였다. 그는 잠시 숨을 고르고 사이트의 본질과 수익성 추구의 상관관계에 대해 자신의 생각을 털어놓았다.

"그러니까 마크, 네 말은 돈이 되는 건 맞지만 섣불리 돈을 먼저 추구하면 망하게 된다는 뜻이지?"

"맞아. 이 프로젝트가 우리에게 황금알을 안겨주는 거위가 될 것은 분명해. 다만 황금알을 낳을 때까지 시간이 필요하다는 거야. 거위 배를 갈라봤자 아무것도 없다는 건 다들 알잖아."

친구들은 마크의 말을 들으며 그의 생각이 옳다는 것에 동의했다. 그리고 그들은 마크가 하려는 프로젝트에 동참하기로 결정했다. 마크와 친구들은 각자가 잘할 수 있는 일을 맡기로 했다. 웹 사이트 개발은 아이디어를 낸 마크가 맡기로 하고, 더스틴이 옆에서 도와주기로 했다. 크리스는 사이트 홍보를 담당하고, 부자인 에두아르도는 서버 구매 등 초기 자금을 대고 사업 분야를 맡기로 했다.

먹지도 않고, 자지도 않고,
미쳐 있었어

그때부터 웹 사이트 개발 작업에 들어간 마크는 몇 달 동안 오직 프로그래밍 작업에만 매달렸다. 웹 사이트 공개를 며칠 앞둔 1월 마지막 주에는 모든 생활을 프로그래밍 위주로 해나갔다.

2004년 1월 말 마지막 프로그래밍 작업을 하는 동안 마크는 제대로 먹지도 않고, 제대로 자지도 않고, 다른 누구와 이야기도 하지 않았다. 그리고 마침내 사이트를 완성했다. 마크는 사이트에 '더페이스북닷컴(TheFacebook.com)'이라는 이름을 붙였다.

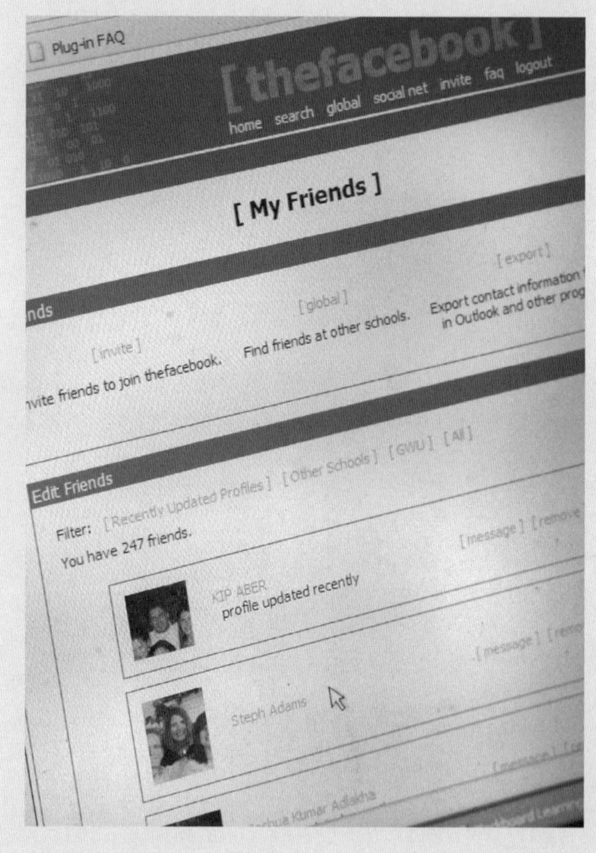

초창기의 더페이스북닷컴. 2004년 2월 4일에 오픈하고 그다음해에 '더(The)'가 삭제됐다.

2월 4일, 더페이스북닷컴(명칭에서 '더(The)'는 2005년에 빠졌다)이 하버드 대학교 학생들에게 공개되었다. 마크는 홈페이지 화면에 사이트 방문객들에게 전하는 메시지를 올려놓았다.

'더페이스북은 소셜 네트워크를 통해 대학생들을 연결해주는 온라인 명부입니다. 우리는 하버드 대학교 학생들의 활발한 참여를 기대하며 더페이스북을 개설했습니다. 여러분은 학교에서 누군가를 찾기 위해, 누가 어떤 수업을 듣는지 알아내기 위해, 친구의 친구들을 알아보기 위해, 자신의 인맥을 눈으로 살펴보기 위해 더페이스북을 이용할 수 있습니다.'

처음 세 개의 계정은 시험용 가상 계정으로 사용하고, 마크는 자신이 만든 '더페이스북' 사이트의 네 번째 가입자가 되었다. 다섯 번째로 크리스가 가입하고, 그다음엔 더스틴과 에두아르도가 가입자가 되었다. 마크는 아리 하시트 등 기숙사 친구들도 '더페이스북'에 가입시켰다.

마크와 친구들은 자신의 프로필에 좋아하는 격언을 써놓거나 사진을 올려놓았다. 가장 좋아하는 책과 하버드에서 어떤 수업을 듣는지, 요즘 관심을 가지고 있는 것 등 자신에 대해 표현하고 싶은 것들로 자신의 페이지를 꾸몄다. 그다음엔 각자의 친구들을 '페이스북'으로 초대했다. 하지만 초대 대상은 하버드 학생만 가능했다. 개설 초기엔 하버드 이메일 주소가 없으면 페이스북에 가입할 수 없었기 때문이다.

'페이스북' 사이트가 열린 지 2주 만에 4,000명의 학생이 가입했다. 마크가 기대했던 것보다 사이트에 대한 반응이 굉장히 좋았다. 하버드 대학교 교내 신문인 〈하버드 크림슨〉지에 실릴 정도로 '페이스북'은 폭발적인 인기를 얻었다. 인기의 요인은 다양한 목적으로 이용할 수 있다는 점과 사용의 편리함 덕분이었다. 마크는 사이트 개발 때부터 이 점을 중요하게 생각했고, 그것들이 사용자들을 끌어들이고 있었다.

마크가 원하던 대로 사이트 가입자들은 공개 알림판이나 연락용으로 쓰거나 취미생활을 함께할 친구를 구하거나 클럽이나 조직의 홍보 등 다양한 용도로 이용했다. 어떤 이는 짝사랑하던 이성에게 프러포즈를 하는 용도로 쓰기도 하고, 스터디 그룹에선 정보공유의 장으로 사용하기도 하고, 파티 장소와 시간을 공지하는 데 '페이스북'이 활용되기도 했다.

마크와 친구들은 '페이스북'의 성공에 기뻐하고 있을 새가 없었다. 당장 다른 학교까지 확장시킬 준비에 들어갔다. 마크와 더스틴은 아이비리그의 다른 대학교 학생들도 '페이스북'에 가입할 수 있도록 사이트 확장작업을 시작했다. 크리스는 공식 대변인이자 홍보 담당자가 되어 여러 매체들과의 인터뷰를 담당했다. 에두아르도는 서버 증설에 대비한 추가 자금마련에 들어갔다.

페이스북 이전의 소셜 네트워크 사이트에 대해서

소셜 네트워크 사이트의 역사는 1995년부터 시작되었다. 웹 1.0 시대를 기반으로 하는 초기의 소셜 네트워크 사이트들은 한두 개의 메뉴를 가진 단순한 형태였다. 페이스북 이전에 개설된 소셜 네트워크 사이트들 중에서 가장 성공적이었던 세 사이트는 '클래스메이츠닷컴Classmates.com'(1995), '프렌드스터Friendster'(2002), '링크드인LinkedIn'(2003년 5월)이었다. 이 세 사이트는 저마다 특징을 가지고 많은 사용자를 끌어들였다.

랜디 콘래즈Randy Conrads가 만든 '클래스메이츠닷컴'은 유치원, 초등학교, 고등학교, 대학교, 직장, 군대 등에서 만났던 친구와 지인들 중에 다시 찾고 싶은 사람들을 찾도록 도와주는 사이트였다. 일종의 '친구 찾기'로 5천만 명이 가입할 정도로 폭발적인 인기를 얻었다. 2010년에는 졸업 앨범, 사진, 음악 등 추억을 불러일으키는 콘텐츠가 더 인기를 끌면서 사이트 이름이 '메모리 레인Memory Lane'으로 바뀌었다.

'프렌드스터'는 미국에서 탄생했지만 필리핀, 인도네시아, 말레이시아, 인도, 싱가포르 등 아시아에서 더 인기를 끌었다. 현재 약 1억1천500만 명이 가입되어 있고, 사이트의 페이지 뷰 수가 월 190억 번에 달했다. 페이스북의 초기 버전과 가장 흡사한 형태로 사용자들은 사진 공유나 데이트

상대를 탐색하는 등 다른 회원들과의 소통을 목적으로 '프렌드스터'를 이용하고 있다.

마지막으로 '링크드인'은 전문가들을 위한 비즈니스 네트워크 사이트로 개발되었다. 그래서 친목을 위한 사이트들과 페이지 구성이나 형식에서 다른 점들이 많다. 미국 내에서는 약 4,400만 명이 가입했고, 그 외의 국가에선 약 5,600만 명이 링크드인에 가입해 있다. 링크드인에서는 사이트 사용자의 인맥을 통해 구직, 구인, 사업 기회들을 찾을 수 있다. 고용주의 경우 자신의 사업장에 필요한 구인 정보를 올리면 이를 보고 일자리를 찾던 지원자들이 이력서를 낼 수 있다. 그리고 구직자들은 채용 담당자의 프로필을 검토해서 자신의 인맥 내에서 그 채용 담당자에게 자신을 소개해줄 수 있는 사람을 찾아볼 수 있다.

4

세상을 연결시키겠다는 거대한 꿈을 품었지

진짜 꿈 하나만을 선택해야 했어

하나를 선택하면

하나를 포기해야 해

페이스북의 인기는 하버드에서 곧바로 주변에 있는 학교로 뻗어 나갔다. 매사추세츠 공과대학교, 보스턴 대학교 등 보스턴에 있는 대학뿐만 아니라 스탠퍼드, 프린스턴, 예일, 코넬, 브라운

등에까지 페이스북에 대한 소문이 퍼졌다. 수많은 대학 학생들이 자기 학교에서도 페이스북을 쓸 수 있도록 개설해달라며 요청을 해왔다. 마크와 친구들은 쏟아지는 학생들의 요청에 부응하기 위해 밤을 새워가며 페이스북을 확장시키는 데 매달렸다. 그 결과, 9월에 미국의 99개 대학교에서 약 285,000명이 가입할 정도로 페이스북은 빠르게 성장해갔다.

페이스북의 폭발적인 인기를 느끼며 마크는 기쁘기도 했지만 한편으론 고민도 깊어졌다. 사실 마크는 사람들이 페이스북을 이 정도로 좋아해줄 줄 몰랐다. 그는 단지 오랫동안 가지고 있던 자신의 생각을 실험해보고 싶었을 뿐이었다.

모든 사람은 자신을 표현하고 싶어 하고, 또 그만큼 다른 사람에 대해 궁금해하고 알고 싶어 한다는 게 마크의 오랜 생각이었다. 마크는 그것들이 가능한 공간이 생기면 사람들이 어떻게 반응할지 궁금했다. 그리고 실험의 결과는 마크의 예상을 훨씬 뛰어넘고 있었다.

사람들은 마크의 생각보다 훨씬 더 자신을 보여주고 싶

어 했다. 그리고 타인을 살펴보는 정도에 그치는 게 아니라 서로 소통하고 연결되고 싶어 했다. 페이스북을 통해 사람들은 자신의 생각과 비슷한 타인들을 만나게 되었고, 생각의 공유는 많은 토론과 의견 일치를 거쳐 행동으로 이어졌다.

행동의 형태는 너무도 다양했다. '스타워즈' 광팬들의 파티나 독서 토론회, 영화 워크샵 같은 취미를 주제로 한 소모임부터 당시 미국의 핫 이슈인 대통령선거 같은 정치와 시사를 주제로 한 대규모 모임까지 있었다. 그들은 페이스북을 통해 다른 지역, 다른 학교의 학생들과 의견을 나누고 끊임없이 무언가를 시도해갔다. 사람들은 단지 연결되는 것에 만족하지 않았다. 연결은 곧 행동이고 시도였으며, 도전의 시작지점이었다.

마크는 사람들 사이를 연결시키는 것만으로도 수많은 가능성을 만들어낼 수 있다는 걸 깨달았다. 그것은 곧 페이스북의 비전에 대한 진지한 고민과 부담으로 이어졌다.

사실 그는 회사를 차릴 생각으로 페이스북을 만든 게 아니었기 때문에 체계적인 조직이나 사업자금에 대한 계획

같은 것도 없었다. 그래서 아이러니하게도 페이스북의 성장은 곧 마크에겐 자금 부담과 인력 부족의 문제로 다가왔다. 시스템을 관리하고 새로운 기능을 추가하는 소프트웨어를 만들기 위해 인턴 몇 사람을 뽑았지만 그걸로는 턱없이 부족했다.

마크와 더스틴은 학교 수업은 고사하고 거의 잠도 못 자가며 페이스북에 매달리고 있었다. 이것을 해결하지 않으면 페이스북을 유지할 수 없었다. 그렇다고 이런 문제점 때문에 페이스북에서 손을 뗄 수도 없었다. 그것은 페이스북을 사용하는 수많은 사람의 가능성을 빼앗는 짓이라는 걸 마크가 깨달았기 때문이다. 물론 마크가 포기하면 다른 사람이 또 페이스북과 비슷한 걸 만들어낼 것이다. 하지만 마크는 자신이 이 일을 꼭 해내고 싶었다. 그리고 페이스북 안에서 소통하고 있는 수많은 사용자를 실망시키고 싶지 않았다.

가장 중요한 건 우리의 진짜 꿈이야

마크는 페이스북의 미래에 대해 동업자인 친구들과 진지한 논의가 필요하다고 생각했다. 그래서 봄 학기가 끝나가는 어느 날 마크의 기숙사 방으로 친구들을 불러 모았다. 다들 기말고사 공부와 페이스북 일 때문에 녹초가 되어 있었다. 마크는 피곤에 지친 친구들의 얼굴을 하나하나 쳐다보며 조심스럽게 입을 열었다.

"난 페이스북이 성공한 건 우리 모두가 힘을 합치고 서로를 도왔기 때문이라고 생각해. 우리 중 한 사람이라도 없었더라면 여기까지 오기 힘들었을 거야. 우리는 최고의 팀이고, 그래서 해낼 수 있었어! 그렇지 않아?"

마크의 말에 친구들은 "물론이지, 우린 최고야!"라고 응답하며 환호성을 질렀다. 그리고 각자의 손에 든 맥주병을 들어 건배를 했다. 하지만 흥겨운 분위기를 길게 이어갈 순 없었다. 이 자리가 자축 파티가 아니라는 걸 모두가 알고 있었기 때문이다.

"그래, 우린 최고이고 그래서 페이스북을 성공시켰어. 하지만 우린 성공에 도취되어 있을 시간이 없어. 다들 생각하고 있겠지만, 우린 빨리 페이스북의 미래를 결정해야 해. 페이스북을 계속할지, 아니면 여기서 손을 뗄지를 말이야."

마크의 말은 모두의 예상보다 더 과격한 내용이었다. 사실 모두 페이스북의 미래에 대해 생각하고 있었지만, 그것을 이렇게 빨리 결정하자고 마크가 말할 줄은 몰랐다.

"페이스북에 대해 가장 많은 생각을 한 사람은 마크 너니까 네 생각부터 말해줘."

코드 작업 때문에 늘 함께 밤을 새우면서 마크의 고민을 자주 엿봤던 더스틴은 마크의 생각이 궁금했다.

"난 페이스북을 계속하고 싶어. 계속 확장시키고 성장시키고 싶어. 그러기 위해선 회사를 만들어야 한다고 생각해. 사실 우리는 페이스북을 하나의 프로젝트 개념으로 시작했어. 그래서 확실한 계획이나 조직 같은 것 없이도 시작할 수 있었지. 하지만 페이스북은 너무 커져 버렸고, 이젠 프로젝트 방식으론 감당할 수 없게 되어버렸어. 나도 그렇지만 다들 페이스북 때문에 과부하가 걸린 상태잖아. 우린 몇 달째 공부와 페이스북 일에 치여서 잠도 제대로 못 자면서 살고 있어. 언제까지 이렇게 일의 과부하 상태로 살 순 없을 거야. 이 문제를 해결하고 페이스북을 유지시키는 방법은 회사를 세우는 것밖에 없다고 봐."

페이스북 회사를 세우자는 마크의 말에 모두 당황했다. 그렇다고 마크의 말에 반대한다는 의미는 아니었다. 그들은 인력을 더 보충해서 일의 과부하를 줄이자는 정도로만 생각하고 있었다. 그런데 마크는 그런 임시방편 수준이 아니라 더 본질적인 큰 그림을 그리고 있다는 걸 깨달았기 때문이다. 하지만 학생 신분인 그들에게 회사를 만드는 것은 너무 부담이 큰 일이었다.

"마크, 회사를 만든다는 건 그렇게 간단한 문제가 아니잖아. 우린 회사를 만든 적도 없고, 경영해본 경험도 없어. 나와 더스틴이 경영학을 전공할 계획이지만, 우린 경영학 학사 학위증도 없는 학생들이라고."

"학교에 다니면서 창업한 사람들은 수없이 많아, 에두아르도. 그리고 빌 게이츠가 하버드 학위증이 있어서 마이크로소프트사를 성공시킨 게 아니잖아. 중요한 건 페이스북 회사를 만들었을 때의 발전 가능성이야. 마크, 넌 발전 가능성이 있다고 판단했기 때문에 회사를 만들자고 하는 거겠지?"

에두아르도의 우려에 크리스가 한마디 했다. 모두 크리스의 말에 동의하는 듯 고개를 끄덕였다.

"맞아. 난 가능성이 충분히 있다고 생각해. 그 근거는 첫번째, 페이스북이 인기를 끈 이유야. 사용자들은 페이스북을 통해 다른 사람과 연결되고, 거기에서 소속감 같은 걸 느끼고 싶어 해. 같은 학교의 학생이란 소속감보다 같은 생각과 취향을 가진 사람들끼리 느끼는 연대감이 더 강하기 때문이지. 물론 허세에 찬 자기표현 욕구나 불순한 관음증 때문에 사용하는 사람도 있을 거야. 어쨌든 이 모든 이유들이 페이스북의 성공요인이고, 바로 이것이 회사를 발전시킬 수 있는 근본적인 요인이라고 생각해. 왜냐면, 이건 절대로 사라지지 않을 인간의 본능이니까 말이야."

"그러니까 네 말은 페이스북의 인기가 반짝 떴다가 사

라지는 단발성이 아니라는 뜻이지? 좋아. 그런데 지금 페이스북 사용자들은 대학생들인데, 이들만으로 이익이 날 수 있을까? 회사의 첫 번째 목적은 이윤추구이고 이윤이 있어야 유지가 되잖아."

"에두아르도, 넌 대학생들이 페이스북을 좋아하는 요인이 직장인이나 주부들에게 먹히지 않을 거라고 봐? 난 그들에게도 먹힌다고 봐. 그들 역시 옆자리에 앉은 동료가 어떤 사람인지 궁금해하고, 새로 이사 온 집의 사람들을 알고 싶어 해. 직장인들도, 주부들도, 노인들도 자신과 비슷한 생각과 취미를 가진 사람들과 연결되고 싶어 하고, 만나고 싶어 해. 즉, 그들 모두가 페이스북의 잠재적 사용자라는 거야. 그것은 곧 페이스북의 수익성이 매우 높다는 뜻이기도 하지."

"하지만 마크, 사용 대상을 넓히려면 지금의 우리 기술력 가지고는 한계가 많아. 이 문제는 어떻게 해결할 생각이야?"

마크와 함께 페이스북의 기술적인 부분을 담당하고 있는 더스틴이 중요한 문제를 지적하고 나섰다. 더스틴의 질문에 마크는 빙그레 미소를 지었다.

"아주 좋은 질문이야, 더스틴. 난 페이스북의 발전은 기술력의 발전 없이는 불가능하다고 봐. 왜냐하면 사람들은 점점 더 다양한 기능, 더 편리한 사용 환경을 요구할 테니까 말이야. 우리는 이 요구에 부응해야 해. 그것이 페이스북 회사를 지속시키고 발전시킬 수 있는 기본 전제이기 때문이야. 그래서 난 이번 여름 방학 때 실리콘밸리에 가 보려고 해."

"실리콘밸리? 거긴 왜?"

다들 실리콘밸리로 가겠다는 마크의 말에 뜨악한 표정을 지었다. 페이스북 회사를 만들기 위해 하버드를 떠나 그 먼 곳까지 가야 하는 이유를 이해하지 못했다.

우리가 있을 곳은 하버드가 아니야

실리콘밸리는 하버드가 있는 매사추세츠 주의 반대편인

서부 캘리포니아 주California에 있는 도시이다. 물론 마크와 친구들도 IT 기업들의 메카라고 불리는 실리콘밸리의 명성에 대해선 잘 알고 있었다.

사실 컴퓨터 관련 일을 하는 사람들은 누구나 실리콘밸리에 가고 싶어 했다. 마크 역시 실리콘밸리에 가보고 싶다는 생각을 늘 가지고 있었다. 그 생각은 페이스북을 운영하면서 더욱 강해졌다. 새로운 기능을 만들거나 아이디어를 구현하는 데 기술력의 한계에 부딪힐 때가 많았기 때문이다.

누군가의 도움이 절실하지만 마크를 실질적으로 도와줄 컴퓨터 고수들이 주위에 별로 없었다. 그런 고수들은 실리콘밸리에 모여 있었고, 그곳에 가야 마크가 원하는 도움을 받을 수 있었다.

친구들 대다수가 컴퓨터 전공이 아니기 때문에 페이스북의 기술적인 분야를 담당하고 있는 마크의 고민과 어려움을 정확하게 알지 못했다. 그래서 마크는 기술적인 문제와 그것을 해결하기 위해 실리콘밸리에 가야 하는 이유에 대해 설명했다.

캘리포니아 주에 위치한 실리콘밸리.
이곳에는 미국 IT 산업의 인재들이 대거 모여 있다.

"앞에서도 말했지만, 페이스북의 발전은 우리의 기술력에 달려 있어. 사용자들은 지금 수준의 페이스북에 절대로 만족하지 않을 거야. 점점 더 진화되고 발전된 페이스북을 원하겠지. 이것을 충족시켜주기 위해서 우리는 실리콘밸리로 가야 해. 난 실리콘밸리에 가보면 우리가 페이스북 회사를 만들 수 있을지, 또 어떻게 발전해나갈 수 있을지 알게 될 거라고 봐. 어쩌면 우린 지금 우물 안의 성공에 취해 있는지도 몰라. 우물에서 벗어나 더 큰 세상으로 나가보면 알게 될 거야. 우리가 지금 하려는 것들이 찻잔 속의 태풍으로 끝날 것인지, 세상을 바꾸는 큰 일이 될 것인지."

마크의 생각에 친구들은 동의했다. 마크의 말대로 회사를 만드는 모험을 하기 전에 실리콘밸리라는 큰 바다에서 한 번의 검증은 거쳐야 했다. 6월에 학기가 끝나는 대로 마크와 친구들은 실리콘밸리로 가기로 결정했다. 그리고 캘리포니아의 팔로알토에 사무실을 구하는 등 바쁘게 이전 계획을 실현시켜 나갔다. 하지만 친구들 모두 다 가는 건 아니었다. 프랑스에서 하는 여름 프로그램에 참가하기로 한 크리스 휴즈는 프로그램을 마치는 대로 팔로알토에 합류하기로 했다. 사업 분야를 맡고 있는 에두아르도도 팔로알토에 가지 않기로 결정했다. 그 대신 뉴욕으로 가서 투자 회사에서 일하며 페이스북에 광고를 실을 광고주들을 찾기로 했다.

6월 학기가 끝나자 마크는 미국 대륙을 가로질러 캘리포니아 주 팔로알토로 갔다. 삼십 여년 전, 마이크로소프트사를 만들기 위해 졸업 직전에 하버드 대학교를 떠난 빌 게이츠처럼 마크도 페이스북을 만들기 위해 하버드를 떠났다.

하버드를 버리고 실리콘밸리로 갔어

실력 있는 조력자가 필요했어

실리콘밸리 진출을 위한 페이스북의 본부로 삼은 곳은 팔로알토 시의 제니퍼 로La Jennifer Way 819 번지에 있는 이층 주택이었다. 그 집에는 방 네 개와 욕실 세 개, 수영장까지 있어서 여러 사람이 함께 작업을 하며 숙식을 해결하기에 적당했다.

마크가 실리콘밸리에 온 것은 세계적인 컴퓨터 관련 기업과 인터넷 기업들의 기술력을 확인해보고 싶은 욕심도 있었지만, 그보다 더 실질적인 이유가 있었다. '와이어호그Wirehog'를 함께 개발했던 앤드류 맥컬럼Andrew McCollum과 일하기 위해서였다.

페이스북 작업을 하던 초기에 마크는 앤드류와 함께 '와이어호그'라는 소프트웨어 개발 작업을 했다. '와이어호그'는 친구들끼리 음악이나 동영상, 다른 전자 파일들을 공유할 수 있는 소프트웨어였다. 하지만 '와이어호그' 1차 개발 작업이 끝난 후 페이스북 개발에 전념하게 되면서 2차 개발 작업은 뒤로 미뤄진 상태였다. 그러다 앤드류가 세계적인 게임 개발회사이자 유통업체인 일레트로닉 아츠(Electronic Arts) 사의 인턴으로 취업이 되면서 실리콘밸리로 가게 되었다.

마크는 '와이어호그' 기능을 페이스북에 추가시킬 계획이었다. 그러면 페이스북의 사용자들끼리 음악이나 동영상 파일 등을 편리하게 공유할 수 있게 된다. 당시에는 이런 기능을 가진 소셜 네트워크 사이트가 많지 않았기 때문에 이 점이 사용자들의 만족감을 높여주고 새로운 사용자들을 끌어들일 수 있는 강점이라고 생각했다. 특히 페이스북의 가입 대상을 대학생에서 전 세대로 확대시키려면 이 기능이 꼭 필요하다고 생각했다. 이것을 구현하고, 와이어호그를 정비하고 운영하기 위해선 앤드류가 꼭 필요했다. 그래서 마크는 하버드를 떠나 실리콘밸리까지 왔고, 앤드류의 편리를 위해 일레트로닉 아츠 사와 최대한 가까운 곳에 집을 구했다.

앤드류 외에도 마크에게 필요한 사람은 많았다. 우선 함께 코드 작업을 진행한 더스틴을 팔로알토로 오라고 설득했다. 그리고 추가 코드 작업을 위해 하버드의 신입생이었던 에릭 슐팅크Erik Schultink와 스티븐 다슨-해거티Stephen Dawson-Haggerty를 인턴으로 고용했다. 마크의 계획대로라면 앞으로 더 많은 트래픽이 발생할 것이고, 이를 해결하기 위해 많은 코드 작업이 필요할 것이기 때문이었다.

페이스북의 첫 번째 본부가 된 제니퍼 로의 집에선 하버드 대학교에서 온 남학생 6~7명이 작업과 생활을 늘 함께

하고 있었다. 사실 생활이라고 할 것도 없었다. 그들의 하루 일과는 컴퓨터 앞에서 코드 작업을 하면서 피자나 햄버거로 식사를 하고, 작업을 하다 지쳐서 쓰러져 자다가 일어나면 다시 컴퓨터 앞에 앉는 것의 반복이었다. 그러다 작업이 막히거나 스트레스가 폭발하면 옷을 입은 채로 수영장에 뛰어들기도 했다.

이렇게 하루 일과가 작업을 위주로 돌아가다 보니 집 안 꼴은 말이 아니었다. 원래 식탁으로 사용하던 테이블에는 컴퓨터와 다른 장비들과 케이블이 어지럽게 놓여 있고, 작업 공간으로 쓰는 거실과 다른 방들도 컴퓨터와 작업 장비들이 점령하고 있었다. 그리고 기기들 사이마다 더러운 컵들과 음료수와 맥주 캔, 햄버거 포장지, 피자 박스 등 온갖 생활 쓰레기들이 차곡차곡 쌓여 있었다. 집 안 구석구석에 쌓여 있는 쓰레기더미에선 음식 썩은 냄새가 진동하고, 그 위로 파리들이 윙윙 소리를 내며 날아다녔다.

하지만 다들 별로 개의치 않았다. 어느 누구도 쓰레기를 버리자거나 집 안을 좀 더 깨끗하게 치우자고 말하는 사람이 없었다. 마치 누가 더러운 걸 잘 견딜 수 있는지 경쟁이라도 하는 것처럼 보일 정도였다.

사실 해야 할 작업이 너무 많아서 위생이나 청소에 신경 쓸 시간과 에너지가 없기도 했다. 그런데 그들이 쓰레기장 같은 생활환경에 불편함을 못 느꼈던 진짜 이유는 그런 환경에 너무나 익숙했기 때문이었다. 이미 그들은 하버드의 남학생 기숙사 방에서 지저분하고 어지러운 것에 충분히 단련이 되어 있었다. 그래서 그런 환경 속에서도 작업에 완전히 몰입할 수 있었다.

작업에 대한 그들의 열정과 집중력은 대단했다. 모두가 작업 중일 때에는 몇 시간 동안 컴퓨터의 팬 돌아가는 소리만 들릴 정도로 집 안에 정적이 흘렀다. 캘리포니아의 더위를 이기기 위해 팬티 바람으로 앉아 있었지만 작업에 집중하고 있는 표정만큼은 다들 진지했다.

마크 역시 한번 작업에 집중하면 배고픈 것도 잊을 정도로 대여섯 시간을 컴퓨터 앞에 앉아 있었다. 코드 작업을 하지 않거나 작업에 대한 고민을 잠시 잊고 싶을 땐 노트북으로 영화를 봤다. 그의 영화 취향은 〈글래디에이터〉 같은 영웅 영화부터 〈웨딩 크래셔〉 같은 로맨틱 코미디물까지 다양했다. 하지만 이것만으로 기분 전환이 되지 않을 땐 마크는 자신의 펜싱 검을 가지고 나와 장난을 치기도 했다. 한때 펜싱 선수로 활약하던 솜씨를 뽐내며 쾌걸 조로처럼 온갖 폼을 잡으며 검을 휘둘렀다. 컴퓨터 장비와 쓰레기더미와 여러 명의 덩치 큰 남자들이 있는 공간에서 칼날이 긴 펜싱 검을 휘두르면 사고는 당연히 일어나기 마련이다. 결국 마크는 소중한 펜싱 검을 압수당했고 다시는 그 집에서 칼싸움 놀이를 하지 못했다.

미친 듯이 개발하거나
미친 듯이 놀거나

장시간 동안 집중해서 컴퓨터 작업을 하는 건 육체적으로도 힘들지만 정신적인 피로가 더 많은 일이다. 그래서 제때 스트레스를 풀어주고 기분을 환기시켜주지 않으면 집중력이 저하될 수 있다. 마크와 친구들은 작업 중간에 규칙적인 휴식의 필요성을 느꼈다. 가급적 작업에 대한 생각을 잊고 몸과 마음의 긴장을 풀고 편안하게 있어 보자는 취지였다. 하지만 그들은 혈기왕성하고 놀기 좋아하는 20대 청년들이었다. 아무리 짧은 휴식 시간에라도 가만히 있지를 않았다. 옷을 입은 채로 수영장으로 뛰어들거나 운동화를 신고 달리기를 하러 나갔다.

그러다 어느 날 앤드류가 신나는 놀이기구 하나를 만들어냈다. 앤드류는 굴뚝에서 마당 너머 전봇대까지 줄을 연결한 다음 도르래 장치를 달아서 수영장까지 내려오는 짚 라인(zip-line)을 설치했다. 이 놀이의 핵심은 도르래를 잡고 내려오다 수영장 한 가운데에서 밑으로 떨어지는 거였다. 모두 신이 나서 짚 라인을 타기 위해 앞다투어 지붕 위로 기어 올라갔다. 나중에는 도르래를 타고 내려오는 자세와 수영장에 떨어졌을 때 얼마나 물을 세게 튀기느냐를 가지고 경쟁을 벌이기도 했다. 하지만 이 재미있는 놀이는 오래가지 못했다. 20대의 장정들이 쉴 새 없이 줄을 타고 내려오는 바람에 줄을 감아두었던 굴뚝이 무너져버렸기 때문이다. 이 과격한 장난 때문에 나중에 이 집에서 나갈 땐 굴뚝 수리비까지 톡톡히 물어야 했다.

제니퍼 로에 있는 동안 마크와 친구들은 가끔 파티를 열기도 했다. 미국의 대학생들이 파티를 좋아하기도 하지만 단순히 그 이유 때문만은 아니었다. 실리콘밸리에서 많은 사람을 만나려면 파티만큼 좋은 통로가 없었다. 파티를 여는 방법은 간단했다. 페이스북에 파티 공지만 올리면 됐다. 마침 그 집에서 1.6킬로미터 정도 떨어진 거리에 스탠퍼드 대학교가 있었다. 그리고 그즈음에는 스탠퍼드 대학교에서도 페이스북이 개설된 상태였다. 마크는 스탠퍼드 학생들을 대상으로 페이스북에 파티 공지를 올렸다. 그러자 페이스북에 대해 알고 싶어 하던 많은 학생이 파티에 참석했다.

대부분의 파티가 그렇듯 음악과 춤과 맥주의 향연이었다. 처음 만나는 사람들이지만 학생 신분이라는 공통점 때문에 금방 친해졌다. 사람들은 맥주를 마시며 대화를 나누거나 음악에 취해 광란의 춤판을 벌이기도 했다. 한쪽에선 포커를 하거나 오락기로 게임을 하는 사람들도 있었다. 수영장 옆에 있는 그릴에선 스테이크를 굽고 핫도그도 만들어 먹었다. 마크도 맥주를 마시며 많은 사람과 어울렸다.

이 파티에 참석한 사람들은 페이스북의 창업자인 마크에 대해 알고 싶어 했다. 그들 중에는 페이스북 같은 소셜 네트워크 사이트를 기획하고 있는 사람도 있었다. 마크는 그들과 소프트웨어에 대한 아이디어나 IT 사업의 전망 등에 대해 많은 이야기를 나누었다.

파티 분위기가 무르익어갈 때쯤이면 파티의 주요 이벤트이자 하이라이트인 술 마시기 게임이 시작되었다. 남자들은 테이블 양쪽에 앉아서 맥주 컵에 탁구공을 던져 넣어 술을 마시는 비어퐁 게임을 했다. 맥주를 마실 때마다 열광적인 환호성이 터져 나왔다. 마크도 사람들과 함께 게임 참가자들을 응원했다.

마크는 함께 작업하는 친구들과 자신을 위해 마음껏 즐기며 놀 수 있는 파티를 열었다. 하지만 마리화나를 피우거나 마약 같은 약물을 사용하는 것은 엄격하게 금지했다. 이것은 그가 주최하는 파티의 규칙이었다. 그래서 그의 파티에선 별다른 사고가 없었다. 그런데 이 규칙이 페이스북의 초대 사장인 션 파커Sean Parker 때문에 깨지게 되었다. 션은 마크가 만들어 놓은 규칙을 '범생이 짓'이라며 무시했다. 망가질 수 없는 파티는 파티가 아니라는 게 션의 생각이었다. 망가지고 싶은 사람은 망가질 수 있도록 규칙 같은 건 없어져야 한다고 주장했다. 마크는 션의 생각이 마음에 안 들었지만 관계를 위해 어쩔 수 없이 받아들여야 했다.

션 파커는 냅스터Napster의 공동창업자로 IT 업계에선 꽤 알려진 인물이었다. 그가 만든 냅스터는 MP3 형식의 음악 파일을 다른 사람과 공유할 수 있는 사이트로 1999년에 서비스를 시작했을 때부터 폭발적인 인기를 얻었다. 하지만 저작권 침해로 인한 법적 소송에 휘말리면서 결국 2001년 문을 닫고 말았다.

냅스터를 그만둔 후에 션은 '평생 이어질 주소록'이라는 콘셉트로 '플락소Plaxo'라는 인터넷 회사를 공동 창업했다. 사업수완이 좋은 션은 투자자들을 모아서 쉽게 사업자금을 마련했다. 하지만 불성실한 업무 태도와 유흥을 좋아하는 성향 때문에 많은 문제를 일으켰다. 결국 구글의 설립 투자자인 램 시리램Ram Shriram과 세쿼이아 캐피탈Sequoia

페이스북의 초대 사장인 션 파커.
그는 뛰어난 사업 수완으로 페이스북의 초창기 사업자금을 마련하는 데 일조를 했다.

Capital은 강제로 그를 플락소에서 쫓아냈다. 션 파커는 뛰어난 사업 능력과 함께 어디로 튈지 모르는 위험성을 가지고 있는 문제적 인물이었다.

'사업'이라는 게 대체 뭐지?

동물적인 사업 감각을 가지고 있는 션에게 페이스북이 구미가 당기는 건 너무나도 자연스러운 일이었다. 션은 페이스북의 사업 분야를 맡고 있는 에두아르도에게 만나고 싶다는 이메일을 보냈다. 당시 마크는 페이스북을 시작하고 자금부족 문제를 해결하기 위해 고민하고 있던 때였다. 그런데 비록 지금은 망해버렸지만 한때 유명했던 냅스터의 공동 창업자인 션이 먼저 만나자고 제안을 해온 것이다. 마크와 에두아르도는 션의 제안을 받고 몹시 기뻐했다. 사실 션이 빈털터리가 되었다는 걸 알고 있었기에 그에게서 투자를 기대한 건 아니었다. 그래도 사업의 귀재라고 알려진 그에게 조언을 듣는 것만으로도 큰 수확이라고 생각했다. 마크와 에두아르도는 각자의 여자친구와 함께 뉴욕 트라이베카Tribeca 지역에 있는 고급 레스토랑으로 션을 만나러 나갔다.

하지만 션은 그들의 기대를 충족시켜줄 만한 인물이 아니었다. 그는 수다쟁이며 허풍쟁이이고 너무 가벼웠다. 션은 마크와 에두아르도를 만나자마자 자기 자랑을 늘어놓기 시작했다.

캘리포니아에서 벤처 사업으로 엄청나게 큰돈을 벌었으며, 새로 만든 인터넷 회사인 '플락소'로 곧 큰돈을 벌게 될 거라고 떠벌였다. 션은 마크의 호감을 사기 위해 식사 시간 내내 갖은 애를 썼다. 하지만 션에 대한 정보를 알고 갔기 때문에 마크는 그가 한 말의 반이 허풍이라는 걸 알고 있었다. 그래서 션이 드리운 무수한 낚싯대에 걸리지 않았다. 그렇지만 션의 뛰어난 사업 감각과 세상의 흐름을 분석해 내는 능력은 인정할 수밖에 없었다. 비록 사생활에는 문제가 많은 사람이지만 사업적인 면에서 배울 점이 많다고 생각했다. 어쨌든 션은 열아홉 살의 어린 나이에 냅스터 개발의 리더 역할을 했으며, 스무 살에는 자신의 회사를 설립했으니 말이다.

특히 페이스북의 자금문제 해결에 좋은 아이디어를 안겨 주었다. 당시 페이스북은 마크와 에두아르도가 낸 소액의 투자금으로 근근이 유지하고 있었다. 하지만 페이스북이 인기를 얻으면서 유지비용은 계속해서 늘어갔다. 에두아르도는 자금문제를 해결하기 위해 광고주를 찾아다녔지만 신통치가 않았다. 사실 마크는 광고를 유치하는데 적극적인 입장이 아닌 데다 그걸로 늘어나는 비용문제를 해결할 수 없을 거라고 생각했다. 뭔가 획기적인 돌파구를 찾고 있었는데, 마침 션이 투자 유치의 노하우에 대해 알려주었다.

마크는 확실한 비전을 담은 잘 만든 사업계획서와 투자자들을 설득할 수 있는 논리만 있으면 투자를 받을 수 있을 거라고 막연히 생각하고 있었다. 그런데 션의 얘기를 듣고 투자를 받기 위해선 그것만으로는 부족하다는 걸 깨달았다. 잘 만든 사업계획서 외에도 수익배분에 대한 구체적인 방법과 함께 욕망을 부채질할 수 있는 수익보장

조건과 법적 절차 등 까다로운 문제들을 잘 해결할 수 있는 능력이 있다는 걸 확신시켜줘야 했다. 하지만 투자유치의 노하우를 안다고 해서 사업의 '사'자도 모르는 마크가 할 수 있는 일이 아니었다. 이 일은 션처럼 동물적인 사업수완을 가진 사람만이 가능한 일이었다. 결국 그 날의 만남은 별 소득 없이 끝나버리고 말았다.

절박해, 운영 자금이 바닥이 났어

얼마 후 팔로알토의 어느 식료품점 근처에서 마크는 우연이 션을 다시 만나게 되었다. 션은 돈이 다 떨어져서 자신의 아파트에서 나오던 참이라고 말했다. 나중에 알고 보니 션의 아파트는 페이스북 본부에서 불과 한 블록 떨어진 곳에 있었다. 마크는 션을 데리고 자신의 집으로 갔다. 소파에 앉자마자 션의 수다가 터져 나오기 시작했다. 그런데 이번엔 자기 자랑이 아니라 화풀이가 담긴 하소연이었다. 션은 비정한 플락소 투자자들에게 배신당해서 그동안 자신이 한 일에 대해 정당한 대가도 제대로 받지 못한 채 야박하게 쫓겨난 스토리를 한참 동안 늘어놓았다. 그래서 결론은 큰돈은커녕 빈털터리가 되었으며 지금은 갈 곳 없는 처량한 신세가 되었다는 거였다.

션의 말을 듣고 마크는 한참 동안 생각에 잠겼다. 그리고 저녁 식사가 끝나고 션에게 자신의 집에서 지내라고 말했다. 일종의 영입 제안이었다. 마크도 션의 단점과 위험성에 대해 잘 알고 있었다. 오죽하면 투자자들이 회사의 창업자를 쫓아냈겠는가. 그런 위험에도 불구하고 마크는 션이 필요했다. 그만큼 마크의 상황은 절박했다.

그때 페이스북의 재정 상태는 파산 직전이었다. 팔로알토로 옮겨온 후에 마크는 자신의 사비를 털어 운영자금으로 썼다. 은행계좌에는 에두아르도가 추가로 투자한 자금이 조금 남아 있지만 그건 서버 유지비용에 써야 했다. 당장 다음 달에 지급할 직원들 월급과 집세 낼 돈조차 없었다. 그렇다고 돈 나올 구석이 있는 것도 아니었다. 에두아르도가 광고주를 만나고 있다고 하지만 기대할 수준은 아니었다. 이대로 있다가는 두어 달도 못 견디고 페이스북을 중단할 수밖에 없는 절체절명의 엄중한 상황이었다.

이런 힘든 시기에 션과의 우연한 재회는 마크에겐 구원의 여신이 내려준 마지막 희망처럼 느껴졌다. 션이라면 실리콘밸리의 많은 투자회사와 개인 투자자들로부터 투자를 끌어올 능력이 있었다. 비록 플락소에서 쫓겨났다는 소문이 파다하게 퍼져있겠지만, 그의 뛰어난 사업수완과 페이스북의 가능성이 합쳐진다면 충분히 가능한 일이라고 마크는 생각했다. 마크로선 열악한 재정문제를 해결할 구원투수로서 션에게 기대를 걸어볼 수밖에 없었다.

첫 번째 투자자를 만났어

바닥난 재정 문제를 해결하는 역할 뿐 아니라 페이스북의 전반적인 운영에 있어서도 션의 역할이 필요했다. 마크는 자신이 코드를 만들거나 프로그래밍 작업에는 유능하지만, 션과 같은 사업에 대한 동물적인 감각이나 요령이 부족하다는 걸 잘 알고 있었다. 지금은 규모도 작고 주로 내부 활동이 중심이기 때문에 자신의 힘으로 회사를 꾸려갈 수 있었다. 하지만 회사의 규모가 커지고 대외적인 활동이 많아진다면 자신의 능력으론 역부족이라는 걸 알고 있었다. 그때는 사업에 대한 경험이 많은 유능한 경영인이 회사를 운영해야 한다고 생각했다. 그런 면에서 션 파커는 적임자였다.

션이 집에 들어오고 나서 얼마 지나지 않아 마크는 션을 페이스북의 초대 사장으로 추대했다. 션이 회사의 사업적인 부분을 전담하고, 마크는 페이스북의 기술적인 부분에 집중하기로 역할 분담을 했다. 각자의 능력에 맞는 최선의 역할분담이었고, 그 결과는 매우 긍정적인 것이었다. 션은 페이스북의 법률적인 문제들을 신속하게 처리해가면서 당장 시급한 자금문제 해결에 나섰다. 에두아르도가 소액의 광고들만 가지고 오는 데 반해, 션은 페이스북의 생존과 발전에 필요한 거액의 투자금을 찾아다녔다.

그리고 마침내 션은 거물 투자자를 찾아냈다. 전자상거

래 사업체 페이팔Paypal의 창업자인 피터 틸Peter Thiel은 50만 달러를 페이스북에 대출해주겠다고 했다. 그런데 그냥 대출이 아니었다. 2004년 12월 31일까지 가입자가 150만 명에 도달하면 그 대출금은 투자금으로 전환되는 투자를 전제로 한 대출이었다. 투자 조건은 페이스북의 지분 중에서 10.2%를 피터 틸이 갖는 것이었다. 마크의 목표대로 간다면 50만 달러는 갚아야 할 대출금이 아니라 투자금이 되고, 지분을 파는 거지만 일부밖에 안 되므로 그리 나쁘지 않은 조건이었다. 마크와 션은 틸이 제시한 조건에 합의하고 50만 달러를 페이스북 사업비용으로 대출받았다.

50만 달러가 페이스북 은행계좌에 입금되고 나서야 마크는 오랜만에 편하게 잠을 잘 수 있었다. 그동안 마크는 재정문제 때문에 잠을 못 이룰 정도로 괴로워했다. 페이스북을 중단해야 할지도 모른다는 두려움이 마크의 어깨를 짓누르고 있었다. 그런데 그보다 더 괴로운 것은 자신의 고집 때문에 친구들이 가질 수 있었던 황금 같은 기회를 날려버릴지 모른다는 미안함이었다.

'페이스북'의 가능성을 가장 먼저 알아보고 50만 달러를 투자한 피터 틸.

꿈과 비전을
돈과 바꾸긴 싫어

페이스북이 세상에 나와 인기를 끌자 거액을 제시하며 페이스북을 사겠다는 제안이 하루가 멀다 하고 들어 왔다. 케이블티브이의 유명한 음악 방송인 엠티브이MTV는 7천5백만 달러에 페이스북을 사겠다는 제안을 해왔고, 마이크로소프트사도 페이스북 인수에 관심이 있다는 사실을 적극적으로 밝혔다.

2006년에는 야후Yahoo!의 최고경영자였던 테리 세멜Terry Semel이 10억 달러에 페이스북을 사겠다는 제안을 해서 세상을 깜짝 놀라게 했다. 그런데 사람들은 마크 때문에 더 크게 놀랐다. 마크가 10억 달러를 주겠다는 제안을 단칼에 거절해버린 것이다. 테리 세멜은 마크가 그 제안을 거절했다는 소식을 듣고 자신의 귀를 의심했다. 사실 그는 페이스북을 인수하는 걸 기정사실로 여기고 있었다. 세상에 10억 달러를 거절할 바보는 없기 때문이다. 테리 세멜은 마크의 거절에 대해 이렇게 화답했다.

"오 마이 갓, 난 지금까지 살면서 이런 사람을 본 적이 없어요. 10억 달러를 눈앞에서 거절하다니요. 괴물 청년이에요. 하하하!"

2007년에는 마이크로소프트사로부터 페이스북을 인수하겠다는 제안을 받았다. 당시 페이스북의 평가금액은 150억 달러(약 17조 원)였다. 이 제안을 받아들이는 즉시 한 방에 억만장자가 될 수 있는 절호의 기회였지만 이번에도 마크는 단호하게 거절했다.

보통 사람이라면 늘 꿈꾸던 황금 같은 기회였다. 하지만 마크는 그 어떤 제안이 들어와도 페이스북을 지키겠다는 뜻을 굽히지 않았다. 거액의 제안들을 거절한 이유에 대해 마크는 〈포춘〉지와의 인터뷰에서 이렇게 말했다.

"저는 세상을 변화시키는 것을 만들어내기 위해 이 일을 하는 것이지 거액에 팔려고 하는 게 아닙니다."

이 말을 통해서 알 수 있는 것은 돈에 대한 마크의 생각이 고등학교 시절에 '시냅스'를 팔지 않았던 것과 조금도 달라지지 않았다는 점이다. 그리고 사업자금 때문에 속앓이를 하고 있을 때에도 이 생각은 조금도 바뀌지 않았다.

마크는 여전히 자신이 만들어낸 것에 대한 가치를 생각할 뿐 그 가치가 돈으로 환산되는 일에는 무관심했다.

마크는 자신의 신념대로 행동했지만, 그의 결정을 비난하거나 불만을 품은 사람들도 많았다. 그 사람들은 바로 마크의 친구들이자 페이스북의 지분을 갖고 있는 공동 창업자들이었다. 그들은 거액의 인수 제안이 들어올 때마다 심하게 흔들렸고, 마크와 갈등을 빚었다. 인수 제안 금액이 커질수록 갈등도 커져갔다. 친구들은 항의를 하기 위해 마크의 사무실로 달려갔다.

"마크, 대체 이 제안을 거절하는 이유가 뭐야? 10억 달러를 거절하다니… 이게 말이 된다고 생각해?"

마크는 분노한 친구들의 얼굴을 찬찬히 살펴봤다. 그리고 차분한 목소리로 말문을 열었다.

"가만히 한번 생각해 보자. 우리가 10억 달러에 팔기 위해 페이스북을 만든 거야? 그건 아니잖아."

"뭐라고? 그럼 팔 생각이 없었으면 어떤 좋은 조건이 와도 팔지 말아야 한다는 거야? 이 무슨 바보 멍청이 같은 소리야!"

"마크, 그건 너무 고지식한 생각인 것 같아. 물론 네가 페이스북에 얼마나 애정과 노력을 기울였는지 알아. 그건 우리 역시 마찬가지야. 하지만 페이스북이 언제까지 지금처럼 인기를 얻을지 알 수도 없고, 설령 잘 된다고 하더라도 10억 달러 이상의 가치를 내기는 힘들 거라고 봐. 어쩌면 10억 달러가 페이스북이 낼 수 있는 최대치의 수익일지도 몰라."

"세상 사람들이 뭐라고 하는지 알아? 저러다가 '프렌드스터(friendster.com)' 꼴이 날지도 모른다고 해. 페이스북이라고 저렇게 되지 않는다는 보장이 어디 있어."

프렌드스터는 소셜 네트워크 영역을 개척한 원조격인 사이트로 한때 엄청난 인기를 누렸다. 하지만 더 참신한 콘셉트와 발전된 기술력으로 무장한 마이스페이스닷컴에 추월당하면서 역사 속으로 사라져버렸다. 사실 프렌드스터 같은 경우는 IT 업계에선 비일비재했다. 기술력의 발전 속도가 빠른 만큼 다른 분야에 비해 회사의 흥망성쇠의 속도도 엄청 빨랐다. 그런 점에서 보자면 친구들의 말에도 일리가 있었다. 하지만 그 말이 오히려 마크의 심기를 건드렸다. 마크는 표정을 일그러뜨리며 독설을 내뱉기 시작했다.

"좋아, 페이스북을 10억 달러에 판다고 치자. 그럼 너희는 배당된 돈을 가지고 뭘 할 건데? 아무 일도 안 하고 편안하게 놀고먹는 거? 아니면 최신형 페라리를 사서 슈퍼모델들을 옆에 태우고 벼락부자 행세하는 거?"

"이 자식이?! 내 돈 가지고 뭘 하던 네가 뭔 상관이야!"

"마크, 그 말은 좀 심했어. 우리가 아무렴 놀고먹기 위해 페이스북을 팔자는 게 아니라는 걸 너도 알잖아. 단지 우리는 좀 더 새로운 기회를 갖자는 거야. 그 돈으로 다른 걸 다시 시작해볼 수 있잖아."

"페이스북이 있는데 왜 다시 시작해야 하는데? 난 정말 이해할 수 없어. 10억 달러만 손에 쥐면 우리가 만든 페이스북이 어떻게 돼도 정말 상관이 없단 말이야?"

"왜 그렇게 부정적으로 생각해? 인수한 사람들도 페이스북을 잘 발전시켜 나가겠지. 어쩌면 우리보다 더 잘할지도 몰라."

"아니. 난 절대로 그럴 거라고 생각하지 않아. 아무리 잘 만들어도 그건 우리가 생각했던 페이스북이 아니야. 왜냐면 거기엔 우리의 꿈이 들어있지 않을 거거든. 지금까지 우리는 각자의 비전을 담아서 페이스북을 만들어왔어. 나는 페이스북이 '진화된 인명록'이라고 생각했어. 콜러는 휴대폰처럼 주변 사람들과 연결시켜주는 출입구 같은 거라고 말했어. 또 누구는 입체적인 자기소개서라고 했어. 그런데 페이스북을 팔고 나면 그들이 우리가 추구했던 것대로 만들어나갈까? 아마 그들의 또 다른 생각과 목적이 담긴 페이스북을 만들겠지. 결국 우리는 우리가 만들려고 했던 페이스북의 모습을 영원히 볼 수 없게 될 거야."

마크의 진심 어린 말에 분위기가 숙연해졌다. 그들 모두 잠시 잊고 있었던 페이스북에 대한 꿈을 되살리는 듯했다. 그때 지금까지 아무 말도 없이 마크와 친구들의 갈등을 지켜보던 크리스가 무겁게 입을 열었다.

"나도 마크의 생각과 같아. 분명 10억 달러는 큰돈이야. 하지만 난 그 돈보다 우리가 꿈꾸고 설계했던 방식대로 페이스북을 완성시키는 게 더 가치 있는 거라고 생각해."

크리스가 마크를 지지하고 나서자 다른 친구들도 마크

의 뜻에 동의한다고 말했다. 다행히 마크와 뜻을 같이 하는 친구들 덕분에 페이스북을 매각할 위기는 넘길 수 있었다. 하지만 마크의 결정에 불만을 품은 친구들은 좀처럼 마음을 돌리지 않았다. 결국 그중에 몇몇은 페이스북을 떠나기로 결정하기도 했다.

갈등의 불씨는 상존해 있었고, 인수 제안이 들어올 때마다 분란은 다시 시작되었다. 특히 페이스북이 자금난에 빠질 때면 마크를 향한 친구들의 비난과 질타는 더욱 거세어졌다. 그래도 페이스북을 지키겠다는 마크의 생각은 바뀌지 않았다. 오히려 위기가 닥칠 때마다 마크는 남은 친구들에게 이렇게 말했다. 먼 훗날 페이스북을 팔지 않고 끝까지 지킨 것을 자랑스럽게 만들어주겠다고. 그것은 친구들에게 하는 약속이자 자신에게 하는 약속이었다.

5

꿈을 지키려는 치열한 싸움

사용자가 늘어갈수록 고민은 깊어지고

사업은 역시 어려워

션의 활약으로 페이스북은 급박한 재정위기에서 벗어나 잠시나마 한숨 돌릴 여유를 갖게 되었다. 마크는 사업 분야는 션에게 일임하고 페이스북 사이트 운영에 전념했다. 그간의 힘든 내부 사정에도 불구하고 페이스북은 승승장구하고 있었고,

여름이 끝나갈 무렵에는 마침내 가입자 수가 20만 명을 넘어섰다. 모두 환호성을 지르며 자축 파티를 벌였다.

하지만 마크는 착잡했다. 이제 그의 인생에서 중요한 선택을 해야 됐기 때문이었다. 여름이 끝나간다는 것은 3학년 새 학기가 시작되므로 하버드로 돌아가야 한다는 의미이기도 했다. 마크는 망설일 수밖에 없었다. 페이스북을 여기까지 이끌어온 실질적인 동력은 마크의 노력과 열정이었다. 만약 그가 빠진다면 지금의 성장세를 유지하지 못할 가능성이 높았다. 잠시 팔로알토를 션에게 맡겨두고 하버드로 갈까도 생각해봤지만 그건 좋은 선택이 아니었다. 그렇다고 페이스북 본부를 다시 하버드로 이전할 수도 없었다. 그동안 실리콘밸리의 프로그래밍 고수들과 긴밀한 협력관계를 유지하면서 그들로부터 많은 도움을 받고 있었다. 그 관계를 끊을 수도 없을뿐더러 하버드로 돌아가면 그들처럼 마크를 도와줄 컴퓨터 고수들을 찾기가 어려웠다.

결국 답은 하나였다. 많은 고민 끝에 마크와 더스틴은 하버드로 돌아가지 않고 팔로알토에 남기로 했다. 여건이

사업과 학업을 두고 고민하던 마크 저커버그. 결국 그는 하버드를 중퇴하고 페이스북을 선택했다.

되면 내년에 하버드로 돌아가기로 결론을 내리고 페이스북에 전념하기로 결정했다. 하지만 마크도 하버드로 돌아가기 힘들다는 걸 알고 있었다. 걱정했던 대로 마크는 하버드로 다시 돌아가지 못했고, 빌 게이츠처럼 하버드 중퇴생으로 남고 말았다.

하버드 졸업장 대신 페이스북을 선택한 마크는 온 힘을 다해 일에만 매달렸다. 예전보다 더 치열하게 무서울 정도로 작업에 몰두했다. 하지만 그의 노력에도 불구하고 매사가 순탄하지 못했다. 페이스북은 순항하고 있었지만 여기저기서 브레이크가 걸리고 불협화음이 일어났다. 첫 번째로 마크에게 닥친 괴로움은 페이스북 본부를 옮기는 문제였다.

임대계약이 끝나서 제니퍼 로 819번지, 자신의 집으로 돌아온 주인은 몇 달 사이에 쓰레기장이 되어버린 집 상태를 보고 경악을 금치 못했다. 모든 가구가 훼손되었고, 짚 라인을 설치했던 굴뚝은 무너져 있었다. 집주인은 입에 거품을 물 정도로 분노하며 당장 나가라고 소리쳤다.

마크는 청소비와 굴뚝 수리비 등 집을 원상복구시키는 데 필요한 비용을 주고 하루 빨리 이사하기로 결정했다.

이번에는 팔로알토에서 남쪽으로 몇 킬로미터 떨어진 로스 알토스 힐Los Altos Hills에 있는 집을 구했다. 그런데 그 집은 고속도로와 매우 인접해 있어서 차들에 의한 소음 공해가 심한 편이었다. 평범한 가정이라면 무조건 기피할 최악의 단점을 가진 집이었지만, 마크와 친구들은 오히려 그 점 때문에 이 집에 들어오기로 했다. 하루 종일 계속되는 차량 소음은 그들이 내는 시끄럽고 괴상한 소리를 뿌연 먼지와 함께 덮어버렸다. 그리고 파티를 벌일 때마다 쿵쿵 울리는 음악 때문에 이웃과 마찰을 빚지 않아도 되었다.

그 집에서는 스트레스가 쌓일 때마다 마음껏 소리 지르고, 오디오 볼륨을 최대한 높여서 음악을 들을 수 있었다. 마크와 친구들은 이사 온 집에 컴퓨터와 작업 장비부터 설치했다. 그리고 새집으로 이사를 왔으니 새 마음 새 뜻으로 작업에 임하자며 서로를 격려했다. 또 이 집에서는 위생과 청소에 신경 써서 제니퍼 로의 집에서와 같은 불상사를 만들지 말자고 굳게 약속했다. 하지만 굳은 약속에도 불구하고 로스 알토스 힐의 새집이 쓰레기장으로 변하는 데는 며칠이 걸리지 않았다.

운영자금은 또 바닥나고

이사 문제가 해결되자마자 이번에는 매사추세츠 법원으로부터 고소장이 날아왔다. 2004년 9월 2일에 디브야 나렌드라와 캐머런 윙클보스, 타일러 윙클보스는 마크가 자신들의 아이디어를 훔쳐서 페이스북을 만들었고, 하버드커넥션(커넥트유) 프로젝트를 의도적으로 방해했다는 이유로 사기죄 등 몇 가지 죄목을 걸어 마크를 고소했다. 고소장을 받고 마크는 뒤통수를 세게 얻어맞은 기분이었다.

사실 그동안 마크는 하버드커넥션과 관련된 일에 대해서 까맣게 잊고 있었다. 그때 자신이 잘못한 게 있지만 고소를 당할 정도는 아니라고 생각했다. 무엇보다 마크가 어이가 없었던 것은 그들의 아이디어를 훔쳐서 페이스북을 만들었다는 고소 내용이었다. 다른 건 다 양보해도 그들의 아이디어를 훔쳤다는 주장만은 용납할 수 없었다. 마크는 즉시 변호사를 구해 디브야 나렌드라와 윙클보스 형제가 제기한 소송에 대응하기 위한 준비에 들어갔다.

소송 문제만 가지고도 마크는 녹초가 될 지경이었다. 하지만 그보다 더 시급하고 중요한 문제가 마크의 발등에 떨어졌다. 또 다시 자금부족 문제가 발생한 것이다. 피터 틸로부터 대출받은 50만 달러가 바닥을 드러내고 있었다. 2004년 11월에 페이스북의 사용자가 백만 명이 될 정도로 매일 수많은 사람들이 페이스북에 가입했다. 신규 가입자가 늘어난 만큼 페이스북의 사용자 수는 몇 배로 늘어났고, 그에 비례해서 서버 등 장비 운용비용도 눈덩이처럼 커져갔다.

당시 페이스북의 서버를 유지하는 데만 매월 5만 달러 정도가 들어갔다. 또한, 하루하루 빠르게 늘어나는 가입자 수에 대비하기 위해서는 서버를 추가로 구입해야 했다. 이 비용만도 10만 달러 정도가 필요했다. 남들이 보기엔 행복한 고민이지만 당장 거액의 자금을 마련해야 하는 마크의 입장에선 피가 마를 지경이었다.

마크는 페이스북의 무서운 성장세를 유지하기 위해서 새로운 투자자를 찾아야 했다. 마크와 션은 투자 제안서를 들고 실리콘밸리의 투자 회사들을 찾아다녔다. 다행히도 몇 군데에서 페이스북의 발전 가능성에 투자하겠다고 나타났다. 〈워싱턴 포스트〉는 페이스북의 가치를 6,000만 달러로 보고 600만 달러를 투자하겠다는 제안을 해왔다. 그때 벤처 캐피탈 기업인 액셀Accel로부터 더 파격적인 투자 제안이 들어왔다. 액셀에서는 페이스북의 가치를 8,000만 달러로 보고 회사 지분의 15%를 가지는 조건으로 1,270만 달러를 투자하겠다고 제안했다. 투자 금액은 만족할 만했지만 문제는 지분 매각 비율이었다.

꿈을 지키려면
경영권도 지켜야 했어

마크는 페이스북의 지배권 문제에 관해서 대단히 신중하

고 단호했다. 그는 투자를 받을 때 투자금액보다 경영권 방어에 필요한 지분 확보에 더 신경을 썼다. 자칫하면 죽 쒀서 개 주는 일이 벌어질 수 있기 때문이었다.

실제로 벤처 기업 창업자들이 투자를 받은 후 경영권 방어에 실패해서 쫓겨나는 일이 비일비재했다. 마크가 페이스북에 대한 지배권 강화를 중요하게 생각하는 이유는 퇴출에 대비하기 위해서가 아니었다. 그것은 10억 달러에도 페이스북을 팔지 않는 이유와 같았다. 그에게는 자신의 생각과 목표대로 페이스북을 만들어가는 게 중요했다. 그 페이스북을 통해 세상을 조금이라도 좋은 쪽, 투명한 쪽으로 바꾸는 게 마크의 꿈이었다.

그 꿈을 이루기 위해선 마크는 페이스북을 실질적으로 운영할 수 있는 경영자 자리를 지켜야 했다. 그러기 위해 마크에겐 페이스북의 지배권을 유지할 수 있는 충분한 지분과 경영권 방어 장치가 필요했다.

마크의 확고한 의지를 알고 있는 션은 액셀과의 협상을 통해 유리한 조건을 이끌어냈다. 매각 지분은 15%를 유지하는 대신 페이스북에 대한 마크의 지분을 기존보다 높이기로 하고, 또 이사회의 5석 중에서 2석을 마크가 가지기로 했다. 그리고 이사회는 션과 피터, 액셀의 짐 브레이어Jim Breyer, 그리고 마크와 마크가 추천하는 사람으로 구성하기로 결정했다. 이로써 마크는 1,270만 달러라는 거액을 투자받으면서도 페이스북을 자신의 뜻대로 경영할 수 있는 강력한 지배권을 보장받게 되었다. 그로서는 최선의 결과였다.

하지만 액셀의 투자를 받는 일이 오랫동안 갈등을 빚어오던 에두아르도와의 관계가 끝나는 계기가 되어버렸다. 두 사람의 사이가 벌어진 결정적인 계기는 션 파커의 영입 때문이었다. 마크는 페이스북의 심각한 자금문제를 해결하기 위해 션을 영입했다. 이에 대해 에두아르도는 한마디 의논도 없이 사업 담당자로 션을 영입한 것은 자신을 배제시키려는 의도라고 심하게 반발했다. 하지만 마크로서도 할 말이 있었다. 에두아르도는 광고주와 투자자들을 만나고 있다고 하지만 별다른 성과가 없었다.

무엇보다 마크를 화나게 한 건 에두아르도에게서 페이스북의 사업자금을 마련하기 위한 적극적인 노력이나 열의가 보이지 않는다는 점이었다. 결국 션의 영입 문제로 두 사람은 크게 충돌했고, 화가 난 에두아르도는 은행의 당좌예금계좌를 동결시켜버렸다. 당시 마크의 수중에 있던 돈은 그 계좌에 있는 페이스북의 서버 유지비밖에 없었다. 에두아르도의 행동은 페이스북이 망하든 말든 상관하지 않겠다는 뜻이었다.

마크는 이 일로 에두아르도에게 심한 배신감을 느꼈다. 더 이상 그와 함께할 수 없다고 판단한 마크는 액셀로부터 투자를 받으면서 지분 조정을 할 때 에두아르도의 지분 비율을 대폭 낮춰버렸다.

피터 틸로부터 50만 달러를 대출받았을 때 션은 페이스북을 주식회사로 전환시켰다. 그리고 회사에 대한 기여도에 따라 페이스북의 주식 지분을 나눠가졌다. 페이스북을 만드는 데 가장 공이 큰 마크는 51%의 지분을 받았고, 두 번의 사업자금을 출자한 공을 인정받아 에두아르도가 약 34.4%를 받았다. 그리고 더스틴은 약 7%, 페이스북의 사장으로 취임한 션 파커가 6.5%의 지분을 받았다.

그런데 액셀로부터 거액의 투자금이 들어오고 새로운

인력이 가세하면서 지분율 조정이 일어났다. 하지만 마크나 다른 사람들의 지분율에는 변동이 없었다. 오직 에두아르도의 지분율만 34.4%에서 10%로 줄어들었다. 에두아르도는 분개했지만 그에 대한 마크의 조치는 거기에서 끝나지 않았다.

마크는 법원을 통해 페이스북 본사를 하버드에서 캘리포니아로 이주할 때 동참하기를 거부한 점과 맡은 일을 제대로 완수하지 못했으며 은행계좌를 동결시켜서 회사에 심각한 위험을 주려고 했던 점 등을 들어 에두아르도에게 해고 통보를 보냈다.

회사의 모습을 전부 재정비했어

마크가 에두아르도와 싸우는 동안 션은 변호사와 함께 회사의 구조를 완전히 재정비하고 있었다. 션의 노력으로 페이스북은 제대로 된 체계와 조직을 갖춘 회사의 모습으로 정비되고 있었다. 그리고 액셀로부터 받은 투자금 덕분에 당분간은 돈 걱정에서도 벗어날 수 있었다. 이제 사람들은 페이스북의 기능을 발전시키는 데만 집중할 수 있게 된 것이다.

마크와 더스틴, 션, 그리고 예일대 졸업생인 맷 콜러Matt Cohler는 매일 매일이 전쟁 같은 힘겨운 나날들을 잘 견뎌낸 서로의 노고를 치하하며 조촐한 자축 파티를 벌였다. 그들의 눈앞에 있는 대형 모니터에는 2004년 12월 한 달 동안 매일같이 접속하는 이용자 수를 알려주는 그래프가 떠 있었다. 그래프의 수치에는 100만 명이라고 적혀 있었다. 2004년 2월에 시작해서 단 10개월 만에 이룬 엄청난 성과였다.

2004년이 페이스북이 시작하는 해였다면, 2005년은 진화의 해였다. 마크와 임원진들은 페이스북을 재정비하고 새로운 기능을 추가하고 확장하는 데 집중하기로 했다. 제일 먼저 시도한 것은 회사 이름을 바꾸는 것이었다.

그때까지 회사의 공식 명칭은 '페이스북'이 아니라 관사 '더(The)'가 붙은 '더페이스북'이었다. 션은 앞에 붙은 관사

'더'가 사족처럼 보이므로 없애야 한다는 주장을 계속해 왔다. 마크와 임원진들은 션의 주장이 타당하다고 판단하고 회사 이름을 '페이스북'으로 바꾸기로 결정했다. 그런데 이게 바꾸고 싶다고 뚝딱 되는 일이 아니었다. '페이스북'으로 바꾸려면 '페이스북닷컴'의 인터넷 주소부터 확보해야 했다. '페이스북닷컴' 주소를 가진 곳은 소프트웨어를 만들어 기업에 판매하는 어바웃페이스라는 회사였다. 이 회사와 협상을 해서 현금 20만 달러를 주고 '페이스북닷컴'의 인터넷 주소를 샀다. 회사의 공식 명칭을 '페이스북'으로 바꾸기로 결정한 후 션의 주도하에 홈페이지의 디자인 정비 작업에 들어갔다.

먼저 '페이스북' 로고의 글씨체는 가독성이 높은 간결한 것으로 바꾸고, 앞뒤에 있던 괄호를 없앴다. 그리고 로고의 색깔은 파란색으로 정했다. 이유는 마크가 적록색맹이라 자신에게 가장 선명하게 보이는 색이 파란색이었기 때문이다. 또한 화면의 왼쪽 상단에 있는 알파치노의 얼굴 이미지는 크기를 약간 줄이고 다듬는 등, 홈페이지의 디자인을 좀 더 심플한 방향으로 정비했다. 그리고 2005년

9월 20일, 회사의 이름을 '페이스북'으로 공식적으로 변경했다.

션이 페이스북의 대외적인 면을 정비하는 동안 마크는 새로운 기능을 추가하고 사이트의 성능을 높이는 등 기술적인 부분을 정비하는 데 집중했다. 마크는 특히 페이스북의 사용 환경 중에서 속도를 높이는 데 주력했다. 아무리 사이트의 구성이나 내용이 좋아도 빠른 속도가 뒷받침되지 않으면 사용하는 데 불편함을 느끼게 마련이다. 모든 페이지의 빠른 전달 속도는 기존 가입자들을 유지하고 새로운 사용자들을 끌어들이는 데 필수적인 부분이었다. 그래서 마크는 28,000달러를 들여 새로운 서버 25개를 구입하는 등 페이스북의 사용 환경을 개선시키는 데 많은 투자를 했다.

그리고 2005년 중반에는 자유롭게 글을 쓸 수 있는 담벼락 기능을 추가했다. 담벼락은 벽에 낙서를 하듯이 사용자가 표현하고 싶은 것들을 자유롭게 나타낼 수 있는 공간이다. 사용자가 직접 글을 쓸 수도 있고, 친구 관계를 맺은 다른 사용자가 글을 남길 수 있으며 글쓰기 외에도 동영상이나 사진 업로드가 가능하다. 그리고 담벼락에는 사용자가 누구와 친구 관계를 맺고, 어떤 글에 '좋아요'를 눌렀는지가 알려지고, 다른 게시물에 남긴 댓글도 표시된다. 담벼락은 여러 기능이 추가되고 개선되면서 나중엔 타임라인으로 발전했다.

2006년에는 페이스북을 모바일에서도 편리하게 사용할 수 있도록 다양한 기능개선에 집중했다. 다른 사이트와 달리 페이스북은 전용 앱을 따로 깔지 않아도 페이스북 페이지만으로 불편 없이 사용할 수 있도록 했으며, 사용자의 위치와 상관없이 어디서든 친구 요청을 하고, 포스팅을 하고, '좋아요'를 누르고, 편리하게 메시지를 주고받을 수 있는 모바일 기능이 추가되었다.

고등학생 문호 개방에는 애로점이 있었지

2005년에는 미국 대학생의 약 85%가 페이스북을 이용하고 있었다. 그리고 그해 말에는 페이스북의 가입자 수가 550만 명을 돌파했다. 포털 사이트가 아닌 단일 사이트 가입자 수로는 불가능으로 생각할 만큼 경이적인 수였다. 기쁜 일이었지만, 한편으론 대학생들에게 페이스북이 포화상태라는 뜻이기도 했다. 이제부턴 페이스북의 사용대상을 대학생에서 다른 층으로 확대시켜야 했다. 그때부터 마크의 새로운 고민이 시작되었다.

마크와 개발자들은 어떤 층을 대상으로 할지를 두고 의견이 분분했다. 직장인을 대상으로 하자는 의견도 있었고, 이참에 미국에서 벗어나 해외로 진출하자는 주장도 있었다. 여러 번의 논의 끝에 마크는 페이스북의 다음 대상을 '고등학생'으로 결정했다. 당시 페이스북의 경쟁사인 '마이스페이스'는 고등학생들에게 큰 인기를 얻고 있었다. 그동안 마크는 마이스페이스의 어떤 점이 고등학생들에게 호응을 얻는지 유심히 관찰하고 있었다. 그리고 마이스페이스의 강점을 페이스북에 도입하면 충분히 승산이 있다는 자신감을 가지게 되었다.

하지만 투자자들 사이에선 마크의 결정에 반대하는 목

소리가 많았다. 그들은 페이스북의 새로운 사용자로 고등학생들이 대거 유입될 경우 자칫 '고삐리나 드나드는 사이트'라는 이미지를 줄 것이고, 이는 기존 사용자인 대학생들에게 부정적인 영향을 줘서 이탈하게 만들 수 있다고 주장했다. 이들 중에는 아예 페이스북을 대학생과 고등학생 대상으로 나눠서 운영하자는 대안을 제시하는 사람도 있었다.

마크는 반대했지만, 투자자들은 기존의 페이스북 사이트는 그대로 두고 고등학생을 대상으로 한 페이스북 사이트를 새로 만들자며 고집을 부렸다. '페이스북 고등학교'라는 이름까지 정해서 밀어붙였지만 이 계획은 불발로 끝나고 말았다. '페이스북 고등학교'의 인터넷 주소를 확보해야 하는데 이미 그 주소를 소유한 사람이 있었다. 주소를 사기 위해 그와 협상을 했지만 지나치게 많은 돈을 요구해서 아예 계획 자체를 포기하기로 했다.

결국 마크의 의견대로 대학생과 고등학생 사이트를 분리시키지 않고 기존의 사이트를 유지하기로 했다. 그런데 이번엔 더 큰 문제가 기다리고 있었다. '고등학생을 페이스북에 어떻게 가입시킬 것인가?'하는 가입 방식의 문제였다. 정확하게 말하자면 고등학생의 신분을 확인하는 것에 대한 어려움이었다.

페이스북의 주요 사용자인 대학생들이 페이스북에 가입할 때는 어려운 점이 전혀 없었다. 각 대학에선 학생들에게 .edu라는 이메일 주소를 부여했다. 페이스북에선 각 학교에서 부여한 이메일 주소를 가지고 가입자의 신분을 확인할 수 있었다. 이렇게 사용자 신분에 대한 안전성이 보장되었기 때문에 대학생들은 자신의 프로필에 휴대폰 번호나 개인 정보 등을 공개할 수 있었다. 하지만 고등학교에선 학교의 공식 이메일을 학생들에게 부여해주는 경우가 거의 없었다. 사립 고등학교 중에서도 아주 극소수 학교에서만 그게 가능했다. 따라서 신분을 확인할 수 있는 방법을 찾지 않으면 고등학생을 페이스북에 가입시킬 수 없었다.

마크는 이 문제를 같이 해결하기 위해 페이스북의 기술 고문으로 합류한 크리스 켈리와 의논했다.

"켈리, 이 문제를 해결할 좋은 방법이 없을까요?"

"내가 생각한 방법은 두 가지예요. 하나는 캠페인을 벌이는 거예요. 고등학교도 대학처럼 학생들에게 이메일 계정을 부여하자는 캠페인을요. 두 번째는 우리가 직접 고등학교를 상대로 이메일 서비스를 하는 거예요."

"캠페인, 그거 좋은 아이디어네요. 그런데 지금의 우리 역량으로 우리가 직접 이메일 서비스를 하기는 어렵지 않을까요? 그리고 그건 교육 당국의 협조를 얻어서 장기적으로 추진해야 할 아이디어 같아요."

"아무래도 그런 점이 있죠. 그럼 이 방법은 어떨까요? 지금 우리는 페이스북 가입자의 신분을 검증하기 위해서 온라인 친구를 통해 확인하는 방법을 쓰고 있어요. 그 방법을 적극적으로 활용해 보는 거죠. 이를테면 대학생들이 자신이 알고 있는 고등학생들을 페이스북으로 초대하는 형식으로 가입시키는 거예요. 일단 확실한 신분의 대학생이 초대한 고등학생이라면 1차 안전성은 확보될 수 있는 거죠. 그리고 신분에 대한 안전성이 검증된 고등학생이 같은 고등학생을 초대하는 형식으로 가입시킨다면 어느 정도 안전성은 확보될 수 있을 것 같은데요. 설마 국제 테러리스트가 고등학생으로 위장해서 초대하진 않을 거 아니에요?"

"그럴 가능성이 없다고 장담할 순 없지만 그것 때문에 시도조차 안 할 순 없죠. 좋은 방법인 것 같아요, 켈리. 우리가 예측하지 못한 문제가 발생한다면 그때 가서 해결해 보기로 하고, 일단 시도해봅시다. 그리고 학생들의 신분에 대한 안전성을 더 확보할 수 있는 방법에 대해 고민해 봐요."

2005년 9월부터 대학생들이 고등학생 후배를 초대하는 방식으로 페이스북은 고등학생에게도 문호를 개방했다. 까다로운 가입 방식 때문에 고등학생 가입자 수는 매우 천천히 증가했다. 다행히 고등학생들 사이에서도 페이스북에 대한 명성과 호감도가 높았기 때문에 10월쯤부터는 하루에 수천 명의 고등학생들이 페이스북에 가입했다. 이제 페이스북은 대학생들만을 위한 공간이 아니었다.

마크는 대학생과 고등학생 간에 별도로 운영되던 사이트를 통합하고 싶어 했다. 그래서 2006년부터 대학생들과 고등학생 사이의 구분을 없애고 친구 맺기와 메시지

전송을 자유롭게 할 수 있도록 만들었다. 이렇게 페이스북은 사용자들의 사소한 불편함을 없애고 최적의 사용 환경을 만들기 위해 끊임없이 노력했다. 그런 노력 덕분에 2006년에는 100만 명이 넘는 고등학생이 페이스북에 가입했다.

고등학생 가입의 문제를 해결하면서 가입자 신분의 안정성을 확보하는 노하우를 터득한 페이스북은 2006년 9월부터 13세 이상의 신분 확인이 가능한 이메일 주소를 가진 사람이라면 누구나 페이스북에 가입할 수 있도록 했다. 이때부터 페이스북은 학생들뿐만 아니라 전 세대를 대상으로 한 서비스를 시작했다.

페이스북에 고등학생이 가입하는 문제를 해결하는 것을 계기로 마크는 기술 고문인 크리스 켈리와 함께 페이스북 회원들이 온라인상에서 자신의 프로필 정보를 지킬 수 있는 기술인 '프라이버시 설정 제어 관련 기술'을 개발해서 특허를 신청했다. 이 기술은 페이스북 사용자가 자신에 대한 정보를 어디까지 공개할지 선택할 수 있는 것이다. 자신의 프로필이나 포스팅한 글은 모두에게 공개하거나 자신이 선택한 사람에게만 보여줄 수 있다. 또는 아예 안 보여주고 비밀글로 남길 수도 있다. 이 기능이 추가되면서 페이스북은 사용자들에게 한층 신뢰할 수 있고 안전한 사이트라는 이미지를 얻게 되었다.

내 꿈은 진화하고 있어

개발자보다는 경영자가 되어야 했어

시간이 갈수록 페이스북은 점점 진화하고 성장해갔다. 그만큼 회사의 규모도 커져 갔고, 체계적인 경영과 운영의 필요성도 높아졌다. 하지만 그것은 페이스북 창업 초기에 함께했던 사람들의 능력만으로는 힘든 일이었다. 큰 조직을 경영하는 것은 열정과 노력만 가지고 되는 일이 아니었다. IT 산업에 대한 풍부한 지식과 경험, 그리고 통찰력과 사람을 다스릴 줄 아는 힘까지 필요한 것이었다.

이 점에 있어서는 마크 역시 부족한 점이 많았다. 마크는 자신이 경영자로서 능력과 경험이 부족하다는 걸 잘 알고 있었다. 사실 20대 중반의 청년이 큰 회사를 이끌기란 힘든 점이 많았다. 그래서 경영자로서 션을 페이스북에 영입했고, 자신은 경영보단 페이스북의 성능을 높이는 일에 주력했다. 하지만 마약 문제로 이미지가 나빠진 션이 페이스북을 떠나게 되고 창업을 함께했던 친구들도 몇몇이 떠나면서 마크는 경영자로서 더 큰 역할을 감당해야 했다. 그래서 마크는 자신을 도와 페이스북의 기술 개발을 전담할 새로운 인재들이 필요하다는 걸 깨달았다.

새로운 인재를 데려오는 일은 뛰어난 인사전문가인 로빈 리드Robin Reed가 담당했다. 그는 IT 업계에서 능력과 실적이 뛰어난 많은 인재를 페이스북으로 영입했다. 그런데 마크와 새로 영입된 사람들이 갈등을 빚는 일이 많았다.

사실 그들은 페이스북에 대한 마크의 생각과 목표를 알지 못했다. 그래서 자신들이 생각하기에 수익을 높일 수 있는 아이디어나 과감한 시도에 반대하는 마크의 태도를 이해할 수 없었다. 그들은 마크를 독재자형 창업가라고 비난했다. 하지만 이러한 갈등의 원인은 태도의 문제가 아니라 페이스북에 대한 철학의 문제였다. 즉, 생각의 방향과 크기가 다름에서 비롯된 거였다.

페이스북에 대한 마크의 철학은 예나 지금이나 변함이 없었다. 그가 페이스북을 통해 추구하는 가치는 세상을 바꾸는 것이다. 돈은 그 일을 하는 데 꼭 필요한 수단이었지 목적은 아니었다. 하지만 회사의 목적을 이윤 추구가 우선이라 여기고 더 많은 돈을 벌기 위해 일하는 사람들에게, 마크의 철학은 받아들이기 힘든 점이 많았다. 그들과 마크는 생각의 크기와 방향이 너무 달랐다.

마크는 세상엔 두 종류의 사람이 있다고 생각했다. 하나는 꿈이 있는 사람이고, 다른 하나는 꿈이 없는 사람이었다. 둘 중에서 마크와 맞지 않는 사람은 능력은 있어도 꿈이 없는 사람이었다. 특히 자신의 능력을 꿈보다 돈을 위해 쓰려는 사람에 대해서는 거부감을 가지고 있었다. 그래서 마크는 능력은 있지만 꿈이 없는 사람들에게는 미련 없이 결별을 고했다.

페이스북의 개발자가 아니라 경영자로서 마크가 해야 하는 모든 결정에는 이전보다 훨씬 큰 책임감과 무게가 뒤따랐다. 최고 경영자라는 외로운 역할을 잘 해내기 위해선 격려와 함께 자신의 판단과 가고자 하는 방향에 대한 지속적인 검증이 필요했다. 그동안 페이스북의 마케팅 책임자로서 굵직굵직한 성과를 낸 누나 랜디 저커버그가 업무 외에도 많은 조언을 해주곤 했지만, 이제 마크는 큰 그릇으로 도약하기 위해 좀 더 경륜 있는 사람들의 도움을 필요로 했다.

특히 경영 수업을 정식으로 받은 적이 없는 마크에겐 경영자로서의 능력을 키워주고 조직관리에 대한 실질적인 조언을 해줄 경영 멘토가 필요했다. 그동안 경영에 대한 영감은 주로 피터 드러커의 책들에서 얻었지만 시간이 갈수록 독서만으로는 부족하다는 걸 느꼈기 때문이다. 그래서 마크는 경영 멘토로 〈워싱턴 포스트〉의 발행인이었던

페이스북의 경영 멘토인 도널드 그레이엄과 함께한 마크.
마크는 그레이엄에게 최고 경영자로서의 역할과 자세에 대해 배웠다.

도널드 그레이엄Donald E. Graham을 모시기로 했다. 마크는 워싱턴으로 날아가 그레이엄 사장이 일하는 모습을 지켜보거나 뉴욕 출장에도 동행하여 최고 경영자로서의 자세와 역할에 대해 배워나갔다.

기술 부문에 있어서도 좀 더 넓은 시각을 갖고 싶었던 마크는 '넷스케이프 커뮤니케이션스(Netscape Communications)'의 공동 설립자이자 실리콘밸리의 전설로 추앙받는 마크 앤드리센Marc Andreesen을 기술 멘토로 초빙해 도움을 받았다. 그리고 애플의 최고경영자 스티브 잡스에게도 그의 건강이 악화되기 전까지 자주 연락하면서 경영자의 자세와 노하우를 배워 나갔다.

멘토들은 마크의 직관과 통찰에 대해 전폭적인 신뢰를 가지고 있었다. 그들의 역할은 마크가 경영자로서 균형감각을 잃지 않도록 도와주는 일이었다. 마크는 멘토 그룹의 지원을 받으며 균형감각을 익히고 개발자에서 경영자로 성큼성큼 성장해 나갔다.

기술 멘토 마크 앤드리센 부부와 함께한 마크.
앤드리센은 넷스케이프의 공동 설립자로 실리콘밸리의 전설로 추앙받는다.

생각의 크기가
같은 사람을 만나야 해

IT 기업의 주 수입원은 광고다. 포털 사이트나 소셜 네트워크 사이트가 가입자 수와 사용자 수를 높이려고 하는 것도 결국 광고를 통한 수익 창출을 위해서다. 그런 점에서 페이스북도 예외는 아니었다.

마크에게 광고는 먹기 싫지만 몸을 위해서 억지로 먹어야 하는 입에 쓴 약 같은 거였다. 마음 같아서는 광고 영업 같은 건 안 하고 싶었지만, 회사를 운영하고 수익을 내기 위해선 필요한 일이라는 걸 알고 있었다.

하지만 광고를 해야 한다면 페이스북의 광고 콘셉트는 기존 매체의 배너 광고와는 다른, 뭔가 새롭고 차별화된 방식이어야 한다고 생각해왔다. 그런데 회사 운영이라는 현실적인 문제 앞에서 마땅한 대안이 없었기에, 새로운 광고를 시도할 때가 오기만을 조용히 기다리고 있었다. 그러다 마크는 그가 원하는 것을 해낼 수 있는 한 사람을 만나게 되었다. 그 사람은 바로 검색어 광고라는 획기적인 아이디어로 구글Google의 강력한 비즈니스 모델을 만든 셰릴 샌드버그Sheryl Sandberg 부회장이었다.

샌드버그는 마크와는 비교할 수 없을 정도로 화려한 경력을 가진 인물이었다. 하버드에서 경제학과 경영학을 전공하고 수석으로 졸업한 데다 최고의 학생에게 주는 '존 윌리엄스 상'까지 받은 인재 중의 인재였다. 저명한 경제학자인 래리 서머스 교수는 가장 아끼는 제자로 샌드버그를 꼽을 정도로 총애했으며 나중에 서머스 교수가 세계은행으로 자리를 옮기면서 샌드버그를 연구조교로 데려갔다. 그리고 재무장관 자리에 올랐을 땐 그녀에게 수석보좌관 자리를 맡겼다. 그녀를 구글로 영입하기 위해 에릭 슈미트 구글 회장이 거의 매주 전화를 하며 공을 들였다는 일화가 있을 정도로 샌드버그는 대단한 능력과 경력을 가진 슈퍼급 인재였다.

마크가 샌드버그를 처음 만난 건 2007년 크리스마스 파티장에서였다. 큰누나와 막내 동생 뻘의 나이 차이에도 불구하고 마크와 샌드버그는 대화가 잘 통했다. 마크는 노련하면서도 친근한 샌드버그의 친화력에 마음이 끌렸고, 샌드버그는 수줍음 많은 천재의 순수함에 호감이 갔다.

당시 IT 업계에선 샌드버그가 이직할 거라는 소문이 자자했다. 그러자 실리콘밸리의 최강 IT 기업뿐만 아니라 〈워싱턴 포스트〉지 같은 미디어 기업에서도 그녀를 영입하기 위한 경쟁이 벌어졌다. 마크도 그중의 한 사람으로 샌드버그를 페이스북으로 영입하고 싶었다. 그래서 경영 멘토인 그레이엄 사장과 샌드버그의 영입에 대해 논의했다. 그레이엄 사장은 마크의 생각에 대해 적극적으로 찬성했다.

"아주 좋은 생각이야! 역시 자네도 나처럼 샌드버그를 탐내고 있었군. 샌드버그가 페이스북에 들어온다면 '젊은 천재'와 '노련한 경영자'의 만남이 되겠어. 멋진 그림이 나올 거야."

사실 샌드버그도 마크에게 영입 제안을 받고 나서 그레이엄 사장에게 전화를 걸어 마크에 대해 물어봤다고 한다. 그레이엄 사장은 마크가 큰 비전을 가진 사람이고, 그 비전을 현실로 만들기 위해선 샌드버그 같은 사람이 곁에 있어야 한다고 말해주었다.

마크는 진심으로 샌드버그를 영입하고 싶었다. 당시 적자를 내고 있던 페이스북으로선 뛰어난 능력과 다양한 경험을 가진 샌드버그가 꼭 필요한 사람이었다. 하지만 마크는 그녀를 영입하는 데 서두르지 않았다. 사람을 얻는 데 있어 능력과 경험보다 더 중요한 것은 생각의 크기라는 걸 알기 때문이었다. 마크는 자신과 생각의 크기가 비슷하고, 추구하는 방향이 같은 사람만이 오랫동안 함께 일할 수 있다는 걸 알았다. 그가 원하는 사람은 꿈과 능력을 함께 가진 사람, 그리고 자신처럼 세상을 좀 더 좋은 쪽으로 바꾸고 싶어 하는 사람이었다.

마크는 샌드버그가 자신이 원하는 사람인지를 알아야 했다. 그래서 그녀에게 결정을 재촉하지 않고 가급적 많은 대화를 나누려고 했다. 두 사람은 서로의 집을 방문하기도 하고, 서로의 가족과 친구들을 만나기도 하면서 서로를 알고 이해하는 데 많은 시간을 투자했다. 사람과 사회와 세계, 그리고 현재와 미래 등 다양한 주제를 가지고 깊이 있는 대화를 나누면서 마크와 샌드버그는 서로에게서 비전을 발견했고, 같이 일할 수 있겠다는 확신을 가지게 되었다.

그리고 샌드버그는 2008년 3월 2일, 페이스북의 COO(Chief Operating Officer)로 취임했다. COO는 페이스북의 2인자이자 실질적인 경영자 자리였다. 샌드버그가 〈워싱턴 포스트〉로 갈 거라는 세간의 전망과 달리 신생 기업인 페이스북을 택한 것에 대해 많은 사람이 놀라워했다.

샌드버그를 영입한 후 마크는 배낭여행을 떠나기 위해 회사에 안식월을 신청했다. 사실 그때 마크에겐 휴식이 절실하게 필요했다. 2004년에 페이스북을 만든 후부터 마크는 4년 가까이 쉼 없이 달려왔다. 때로는 너무 힘들어서 도망가고 싶었지만 자신이 흔들리면 페이스북이 통째로 흔들릴 수 있다는 것을 잘 알기에 꾸역꾸역 자신의 자리를 지켜왔다. 다행히 샌드버그의 영입으로 마크는 소진된 몸과 마음에 휴식을 주고 새로운 영감을 얻기 위한 재충전의 기회를 가지게 되었다.

그런데 마크가 잠시 회사를 떠나있기로 한 결정에는 다른 의도도 있었다. 페이스북의 구성원들에게 자신이 샌드버그를 얼마나 신뢰하는지를 보여주기 위해서였다. 샌드

마크의 훌륭한 사업 파트너이자 페이스북 2인자인 셰릴 샌드버그.
그녀는 마크에게 부족한 친화력과 탁월한 조직관리 능력을 가지고 있다. 가입자 수가 매일 증가하지만 효과적인 비즈니스 모델이 없어서 투자금으로 운영되던 페이스북은 샌드버그 영입 이후 1년 만에 흑자로 돌아섰다. 〈포브스〉 선정 '세계에서 가장 영향력 있는 여성', 〈블룸버그 비즈니스 위크〉 선정 '미래의 여성 대통령 후보' 등으로 평가되는 여성 리더다.

버그가 2인자 자리에 오르면서 이사회 임원들이나 간부들 사이에서 소위 말하는 텃새나 알력 같은 게 보이고 있었다. 샌드버그가 자신의 역량을 십분 발휘하기 위해선 회사 구성원들로부터 지지와 신뢰를 얻어야 했다. 그것을 가장 빨리 얻는 방법은 페이스북에서 가장 영향력이 큰 마크 자신부터 샌드버그에 대한 신뢰와 지지를 보여주는 것이었다. 물론 마크의 결정이 역효과를 일으킬 가능성도 있었다. 하지만 마크는 샌드버그를 믿었고, 샌드버그 역시 마크의 기대를 저버리지 않았다.

마크가 독일과 터키, 인도, 일본 등 여러 나라로 배낭여행을 간 1개월 동안 페이스북은 엄청난 성과를 냈다. 샌드버그와 페이스북 임원들은 매일 저녁 사무실에서 배달 음식으로 식사를 하며 새로운 광고 콘셉트에 대한 치열한 토론을 벌였다. 그리고 '소비자 참여형 광고'라는 새로운 방식의 획기적인 광고 콘셉트를 만들어냈다. 마크가 원하던 페이스북의 정신이 살아 있는 새로운 방식의 광고는 대박을 터뜨렸고, 적자 상태였던 페이스북의 재무구조를 흑자로 전환시켰다.

넥타이는 여전히 부담스러워

2010년 〈타임〉지는 올해의 인물로 마크 저커버그를 선정했다. 선정 이유는 인간관계를 근본적으로 변화시키는 데 큰 역할을 했기 때문이라고 했다. 이것은 그동안 마크가 품고 있던 세상을 연결시키겠다는 꿈이 현실에서 이루어지고 있다는 증거와도 같았다.

셰릴 샌드버그 영입 이후 페이스북은 경영이 안정되고 수익구조가 탄탄해지면서 흑자를 내기 시작했다. 페이스북 회원은 계속 증가 추세고 서비스 기능도 계속 발전했기에 사업 비전도 매우 긍정적인 평가를 받게 되었다. 그리고 비상장 주식이었지만 장외 거래가 활발히 움직였기에 더 이상 자금 문제로 고민하지 않아도 되었다.

페이스북이 안정화되면서 마크의 개인 생활도 안정을 찾아가기 시작했다. 페이스북을 창업하면서 마크는 같이 일하는 동료들과 쓰레기장 같은 생활환경 속에서 살아왔다. 형편이 나아져서 사무실과 집을 분리했지만 그는 사무실 한쪽에 있는 간이침대에서 불편한 쪽잠을 자는 날이 많았다. 5년이란 긴 시간 동안 마크는 불규칙한 식사와 불편한 잠자리, 그리고 매일 15시간 이상 일에만 매달려 살았다. 그러는 사이 자신도 모르게 고갈되고 소진되어 갔다. 이제 마크에게는 정서적인 안정이 필요했기에 오랜 연인이었던 챈과 팔로알토에 있는 그녀의 작은 집에서 같이 살기로 했다.

마크가 프리실라 챈Priscilla Chan을 만난 건 2003년 11월, 알파 엡실론 파이 사교 모임에서였다. 화장실 앞에서 순서를 기다리던 두 사람은 우연히 대화를 나누게 되었다. 중국계 미국인인 챈은 매사추세츠 주 브레인트리Braintree 출신으로 의대에 진학하기 위해 하버드에서 생물학을 공부하고 있었다.

당시 마크는 '페이스매시' 사건으로 악명을 날리고 있었고, 촌스런 옷차림과 아디다스 슬리퍼 덕분에 전형적인 '덕후' 모습을 하고 있었다. 보통 여자라면 눈길도 주지 않을 상태였지만, 챈은 오히려 마크의 특이하지만 숙맥 같은 점을 재미있어했다. 그 날을 계기로 두 사람은 데이트를 시작했고, 마크가 캘리포니아로 간 뒤에도 계속 관계를 유지했다. 챈은 하버드를 졸업한 후 마크 곁에 있기 위해 캘리포니아 주립대 의과대학으로 진학했다.

챈과 같이 살기 시작하면서 정서가 안정되었기에 마크의 표정에서도 여유가 보이기 시작했다. 하지만 여전히 그의 얼굴을 일그러뜨릴 정도로 괴롭히는 게 있었다. 바로 옷차림에 관한 문제였다.

페이스북의 사회적 영향력이 커지면서 페이스북의 CEO인 마크의 영향력 또한 커지게 되었다. 그리고 빌 게이츠와 스티브 잡스의 영향으로 인해 이제 IT 기업의 CEO는 단순한 경영자가 아니라 회사의 얼굴이자 스타의 역할까지 요구받고 있었다. 그것은 곧 옷차림도 달라져야 한다는 뜻이었다.

마크가 그러한 변화를 이해하지 못하는 것은 아니었기에 2009년의 새해 목표를 '매일 넥타이를 하고 출근하기'로 정할 정도로 열심히 지켜보려고 했지만 결국 실패하였다. 그래서 옷차림 문제에 대해선 페이스북 사내에선 비교적 자유롭게 입되, 외부 행사에 나갈 때는 꼭 정장을 입는 것으로 타협점을 찾게 되었다.

2012년 5월, 드디어 페이스북이 나스닥에 상장되었다. 기업 공개 규모는 184억 달러, 기업 가치는 1,040억 달러였다. 기업 규모로 보면 미국 역사상 제너럴 모터스, 비자에 이어 세 번째로 큰 규모이고, 기업 가치로 따지면 맥도날드나 시티그룹, 아마존닷컴보다 높은 수준이었다. 마크는 이제 세계 역사상 가장 빠른 시간에 억만장자가 된 청년이었다.

마크에게는 세계 제7대 부호라는 타이틀도 붙었다. 하지만 억만장자가 되었어도 마크의 일상에 달라진 것은 별로 없었다. 여전히 오래된 차를 타고 다녔고, 여전히 회색 티셔츠와 청바지를 입었다. 달라진 게 있다면 챈을 위해 집을 몇 채 구입한 정도였다. 처음엔 페이스북 본사가 있는 팔로알토에 큰 맘 먹고 700만 달러짜리 저택을 구입했다. 하지만 샌프란시스코 시내에서 소아과 레지던트 과정을 밟는 챈에겐 너무 먼 거리였다. 결국 챈의 출퇴근을 위해 샌프란시스코 시내에 집을 한 채 더 구입했다.

2012년 5월 18일 마크는 오랜 연인인 챈과 팔로알토의

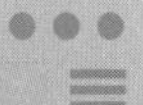

2012년 유럽 신혼여행 중에 길거리에 앉아서 패스트푸드를 먹는 마크와 그의 아내 챈.
세계에서 가장 젊은 억만장자가 된 다음이었지만, 보통의 청춘들처럼 소박하게 여행을 즐겼다.

집에서 100여 명의 하객만 초청해서 결혼식을 올렸다. 억만장자라는 명성에 비하면 너무도 작고 소박한 결혼식이었다. 초대받은 사람들이 챈의 의대 졸업파티인 줄 알 정도였다. 마크는 직접 디자인한 루비 반지를 챈의 손에 끼워주었다.

인디언 잔치 '포트래치'에서 영감을 얻었어

2010년은 나스닥 상장 이전이었지만 페이스북의 기업 가치가 대략 230억 달러로 평가되었다. 총 지분 중에서 30%를 가지고 있던 마크의 재산은 69억 달러(약 7조8천억 원)가 되었다. 이때부터 마크는 자신의 '진짜 꿈'을 실현하기 위한 방법에 대해 구체적으로 고민하기 시작했다. 그것은 공익을 위한 기부사업에 관해서였다.

그가 생각하는 기부는 이제 부자의 대열에 들어섰으니, 좋은 일 좀 해야겠다는 발상이 아니었다. 그보다는 그가 꿈꾸는 세상의 연결과 소통이 누군가의 기부 없이는 현실이 될 수 없음을 잘 알고 있기 때문이었다. 그는 우선 전 세계에 인터넷에 소외된 사람들이 생각보다 많음을 알고 있었다(40억 명). 그리고 이런 마크의 생각은 '기부경제(gift economy)'로까지 발전했다. 마크에게 기부경제에 대해 영감을 준 것은 북아메리카 인디언들의 전통 잔치인 '포트래치potlatch'였다.

북아메리카 대륙 북서부 지방에 살던 토착 인디언들은 잔치를 벌일 때 참석한 사람들이 각자 음식이나 선물을 준비해오는 게 전통이었다. 각자가 가져온 음식을 다 함께 나눠 먹고, 다른 사람이 가져온 선물 중에서 마음에 드는 것을 가졌다. 그리고 가장 많은 선물을 베푼 사람이 그날의 잔치에서 가장 높은 명예를 얻는다. 마크는 어느 인터뷰에서 인디언 전통 잔치인 '포트래치'에서 영감을 얻은 '기부경제'에 대해 이렇게 이야기했다.

"나는 기부경제가 시장경제의 좋은 대안이 될 거라고 생각합니다. '포트래치'에 의하면 내가 뭔가를 기부하고 누구에게 선물로 주면, 선물을 받은 사람은 나에 대한 인정이나 또는 뭔가를 되돌려줘야 한다는 의무감을 가지게 됩니다. 이게 점점 확대된다면 공동체 전체가 서로 주고받는 구조를 형성하게 되겠지요. 사회가 개방되고 누구나 자신의 의견을 서로에게 빨리 전달할 수 있는 방향으로 발전하면 더 많은 경제 시스템이 기부경제의 원리로 돌아가게 될 겁니다. 그러면 기업과 조직은 더 많은 선을 베풀며 신용과 신뢰에 대한 책임을 느끼게 되겠지요. 그것은 곧 정부의 작동방식을 좀 더 투명하고 공정한 모습으로 변화시키려는 동력이 될 겁니다."

그러나 사람들은 마크의 이러한 생각을 전혀 이해하지 못했다. 오히려 젊은 나이에 너무 큰 성공을 손에 쥐어 이상주의자가 되어 버린 사람의 헛소리거나, 공익적인 이미지를 가지기 위한 마케팅 전략일 뿐이라고 여겼다. 하지만 마크는 사람들의 냉소적인 시선 같은 건 아랑곳하지 않았다. 그리고 서서히 '기부경제'에 대한 자신의 생각을 발전시켜나가기 시작했다.

드론 '아퀼라'가 내 꿈을 날라주고 있어

2013년이 되자, 마크는 이제 자신이 진짜 꿈꾸던 일을 실행할 때가 되었다고 생각했다. 페이스북은 글로벌 통신 기업들의 협력을 얻어 인터넷닷오알지(internet.org)라는 프로젝트를 시작했다. 인도, 잠비아, 탄자니아, 케냐, 콜롬비아 등 인터넷의 혜택을 받지 못하는 낙후지역의 사람들에게 무료로 인터넷을 공급하는 사업이었다. 하지만 이 사업을 하기 위해선 엄청난 사업비와 새로운 첨단 기술이 필요했다.

낙후지역에 인터넷을 공급하기 위해선 케이블망을 구축하고 기지국을 건설해야 하는데 여기엔 엄청난 투자비용이 들고 또 오랜 시간이 걸렸다. 마크와 엔지니어들은 비용과 시간을 절약하기 위한 대안으로 드론을 이용하기로 했다.

마크는 이 사업에 쓰일 통신 드론의 이름을 독수리라는 뜻을 가진 '아퀼라Aquila'라고 짓고, '아퀼라 프로젝트'를 가

동하여 2015년 마침내 태양광을 전원으로 이용하여 고공에서 장시간 체류할 수 있는 드론 '아퀼라'를 만들어냈다.

이 사업에 대한 마크의 핵심적인 생각은 아퀼라를 통해 공급된 무선 인터넷을 '인터넷닷오알지 앱'을 통해 무료로 사용하는 방식이다. 꼭 그렇게 해야 하는 이유는 사용 비용이 비싼 광대역 통신망 서비스에 제한을 둠으로써 무료 인터넷 공급을 유지하는 데 드는 비용을 절약하기 위해서다. 이 일의 목표는 기본적인 인권을 지키며 사는 일에 꼭 필요한 교육과 건강, 구직, 통신과 같은 분야의 정보 격차를 줄이는 것이다.

많은 사람이 마크가 하려는 사업에 지지와 찬사를 보낸다. 하지만 이 사업에 대해 비판적인 시각을 가진 사람들도 많다. 그들은 인터넷을 무료와 유료로 양분해서 인터넷의 기본 원칙인 보편적 접근성을 위배한다고 비판하고 있다.

하지만 마크는 비판적인 의견에 대해 크게 신경 쓰지 않는다. 아무리 좋은 아이디어라도 세상을 변화시키려면 꾸준하고 지속적인 실행이 필요하다. 그런데 사람들의 인정과 칭찬을 듣기 위해 제한 없는 서비스를 시작하면 비용 부담이 너무 커져서 이 프로젝트는 금세 중단될 수밖에 없다. 세상 사람들이 자신의 진심을 다 알아주길 바라는 것이야말로 어리석은 욕심이라는 것을 이미 알고 있기에, 마크는 그럴 수밖에 없는 이유에 대해 구구절절 설명하지도 않았다.

중요한 건 지금 자신이 하려는 일이 옳은 것인가, 그 일로 인해 많은 사람이 실질적인 혜택을 누릴 수 있는가의 문제였다. 거기에 대한 확신만 있다면 마크는 자신의 의지대로 밀고 나갔다. 하지만 지금까지 세상에 없던 일, 누구도 하지 않았던 일을 시도하는 것이기에 많은 문제와 어려움이 따랐다. 그러나 주저앉거나 흔들리지 않았다. 오직 그와 뜻을 함께하는 사람들과 문제를 해결하는 데만 집중했다.

마크가 시도하고 있는 일에 대해 사람들은 종종 이런 질문을 했다.

“당신은 인터넷에 소외된 사람들에게 인터넷을 공급했을 때 어떤 변화와 이익이 생길 거라고 보나요?”

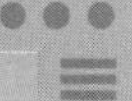

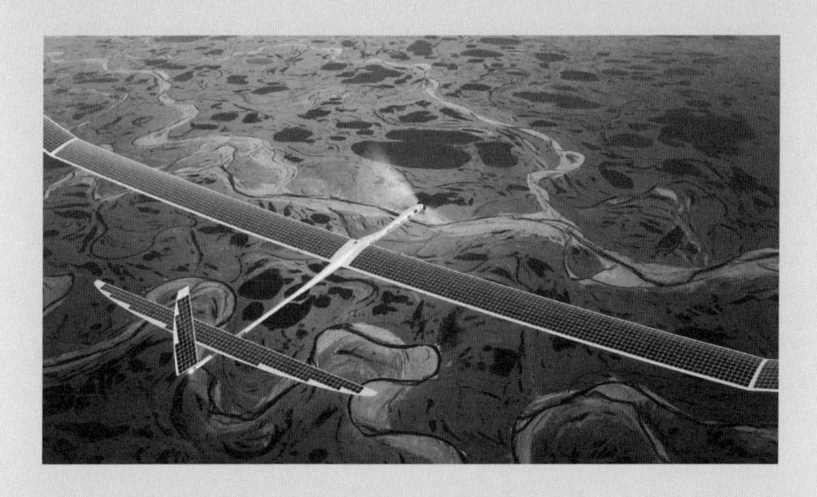

낙후지역에 인터넷을 무료로 보급하는 '인터넷닷오알지' 프로젝트에서
이동식 무선 기지국 역할을 하는 드론 '아퀼라'.
태양광을 전원으로 이용하기 때문에 고공에서 장시간 체류할 수 있다.

그런 질문을 받을 때마다 마크는 이렇게 대답한다.

"저는 자선사업을 하려는 게 아닙니다. 저는 기부경제를 통해 제 꿈을 실행해보려는 겁니다. 이 프로젝트로 인해 낙후된 지역에 인터넷이 보급되면 그 지역의 가난한 사람들에게 교육과 건강, 직업 등 많은 정보들이 제공될 겁니다. 그러면 정보의 격차가 해소될 수 있는 '기회'를 가지게 되지요. 우리가 하려는 일은 그럴 기회를 주는 겁니다. 그런데 기부경제의 효과는 거기에서 끝나지 않습니다. 무료로 인터넷을 사용할 수 있게 되면 인터넷 이용자가 3배로 늘어날 겁니다. 그러면 인터넷과 관련된 사업을 할 수 있게 되고, 또 새로운 아이디어나 가능성도 3배로 늘어나게 됩니다. 기회와 아이디어와 가능성이 있으면 아무리 가난하고 못 배운 사람들이라도 활력을 가질 수 있고, 무언가를 시도하려고 합니다. 그런 사람들이 많으면 그 사회까지 활력을 가질 수 있겠지요. 이것이 제가 기부경제를 통해 이루려는 꿈입니다."

마크가 예측하지 못한 곳에서 페이스북의 가치가 빛을 발하다

2011년 1월 25일 화요일, 이집트의 수도 카이로Cairo에서는 빈곤과 높은 실업률, 그리고 30년 간 이어온 호스니 무바라크Hosni Mubarek 대통령의 독재정권에 저항하기 위해 수천 명의 시민들이 거리로 쏟아져 나왔다. 18일 동안 벌어진 대규모 시위로 인해 2월 11일, 무바라크 대통령은 대통령직을 사임하고 카이로를 떠났다.

무바라크의 장기집권을 종식시킨 이집트의 혁명이 중동의 다른 나라에서 일어났던 저항들과 달랐던 점은 혁명의 중심에 페이스북이 있었다는 점이다. 이집트의 사회 활동가 와엘 고님Wael Ghonim은 CNN 방송과의 인터뷰에서 혁명이 성공할 수 있었던 건 모두 페이스북 덕택이었다고 말했다.

올해 초 고님은 경찰관의 무자비한 폭행으로 숨진 스물여덟 살의 청년 할레드 사이드Khaled Said를 추모하기 위해 페이스북을 시작했다. 그의 페이스북 페이지에 수십만 명이 방문하면서 경찰관의 만행에 대해 알려지게 되었고 많은 이집트인이 자신의 나라에서 무자비한 고문으로 죽어가는 사람들이 많다는 것을 알게 되었다. 그리고 국가의 무자비한 고문과 살육에 분노한 시민들이 거리로 나가게 되면서 시위가 시작되었다.

고님의 페이스북은 시위에 동참하는 수천 명의 사람들에게 시위 계획

이집트 카이로의 타흐리르 광장(Tahrir Square)에서 반 무바라크 시위자 한 명이
시위대를 조직하는 데 도움을 준 페이스북의 공로를 칭찬하는 표지판을 들고 있다.

과 정보를 전달하는 '경로'가 되었다. 그런데 시위가 시작되고 이틀 후 고님은 체포되었다. 하지만 다른 사람들이 그를 대신해서 고님의 페이지를 이용했고 시위에 대한 전략과 아이디어를 알려주었다. 6만여 명의 이집트인들은 고님의 페이지에 접속해서 시위의 전략에 대해 함께 논의하고, 앞으로의 방향에 대해 의견을 나눴다. 거기에서 내려진 결론과 의견들은 급속도로 퍼져나가 시위에 참가한 사람들을 단결시켰다.

혁명이 성공하고 부패한 무바라크 정권이 무너진 후, 이집트인들의 영웅이 된 고님은 이렇게 말했다.

"제가 한 일은 키보드 앞에 앉아서 페이스북에 글을 쓰고 동영상 하나를 올린 것뿐이에요. 진짜 영웅은 위험한 상황에서도 목숨을 걸고 거리로 나간 사람들이지요. 혁명이 성공할 수 있었던 건 이집트인들의 용기와 혁명을 시작할 수 있도록 공간을 만들어준 페이스북이라고 봅니다. 이 혁명은 수많은 이집트인이 페이스북에 올린 동영상을 보면서 시작되었으니까요. 그래서 페이스북에 감사합니다. 그리고 페이스북을 만들어준 마크 저커버그에게도 감사하다고 말하고 싶습니다."

우리는 서로 연결되어 있을 때 가장 힘이 있어

2015년 9월, 마크는 제70차 유엔총회에서 기조연설을 하기 위해 뉴욕으로 갔다. 자리가 자리인 만큼 그 날은 멋진 정장에 구두까지 신었다. 그 자리에 참석한 마크는 '인터넷은 깨끗한 물처럼 모든 사람이 누려야 할 기본적인 인권'이라는 주제로 그가 인터넷으로 세상을 연결시키려는 이유에 대한 연설을 했다.

"인터넷은 농사를 짓는 농부, 일자리를 찾는 젊은이, 새로운 정보를 원하는 기업가와 학생들에게 더 나은 기회를 제공합니다. 그러나 모든 사람에게 공평하게 기회가 주어지는 것은 아닙니다. 아직도 전 세계 인구의 약 60%는 인터넷을 사용해본 적이 없습니다. 특히 선진국과 후진국 간의 인터넷 사용 격차는 매우 큽니다. 선진국에선 인구의 10명 중 9명은 인터넷을 사용하고 있습니다. 하지만 개발도상국에선 10명 중 3명 정도만 인터넷에 접속할 수 있습니다. 나는 이 인터넷 양극화 현상의 문제점에 대해

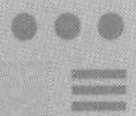

2015년 제70차 유엔총회에 참석한 마크.
이날 그는 기조연설을 통해 '인터넷은 물과 같은 인권이다'라는 발언을 했고 '인터넷 격차 해소'에 대한 평소 자신의 소신을 밝혔다.

우리 모두가 깨닫길 원합니다.

나는 유엔과 협력해서 세계 각지의 난민촌에 인터넷을 연결하는 프로젝트를 펼칠 계획입니다. 인권 구현과 평화에 대한 희망은 그들이 인터넷을 통해 우리와 연결될 수 있도록 하는 것에서부터 시작할 수 있습니다. 세계를 연결하는 것은 나의 꿈이기도 하지만 평화를 원하는 우리 모두의 꿈이기도 합니다. 우리는 서로 연결되어 있을 때만이 힘을 가질 수 있기 때문입니다."

2015년 11월, 추수감사절 기간에 마크와 챈은 사랑하는 딸 맥스를 얻었다. 맥스의 탄생은 마크에게 아버지로서의 기쁨만 안겨준 게 아니었다. 세상을 연결시키겠다는 그의 꿈이 미래 세대로까지 이어지는 꿈의 확장을 가져왔다. 마크는 딸이 살아갈 미래의 세상을 위해, 그리고 그녀와 함께 살아갈 미래 세대를 위해 지금부터 무언가를 시작해야 한다고 생각했다. 자신의 품 안에서 잠들어 있는 맥스의 얼굴을 보면서 지금이 바로 그 일을 시작할 타이밍이라는 걸 깨달았다.

마크는 오랫동안 생각해오던 기부 사업을 실행에 옮기기로 결심했다. 그리고 유한책임회사(LLC limited liability company) 형태인 '챈-저커버그 이니셔티브' 재단을 설립하고 이 재단에 자신의 전 재산인 페이스북 지분의 99%를 기부하겠다고 발표했다. 현재 가치로 4억5천만 달러(한화 약 52조 원)에 해당하는 엄청난 금액이었다. 마크는 이 재단을 통해 가난한 아이들에게 공부할 수 있는 기회와 좋은 학습 환경을 제공해주고, 난치병으로 고통받는 아이들과 의료혜택을 못 받는 아이들을 위한 질병 치료 시스템을 마련할 계획을 가지고 있다. 결국, 사람들 사이를 더 많이 연결하여 서로에 대한 공고한 연대를 통해 더 강력한 커뮤니티를 건설하려는 것이다.

하지만 마크의 기부 방식에 대해 비판적인 시선으로 바라보는 사람도 많다. 보통의 기부는 기부 대상에게 직접 주거나 자선 단체를 통하는 게 대부분이다. 더구나 기부나 재단 설립이 부자들의 세금 회피 수단으로 이용되는 경우가 많기에 마크가 선택한 방식은 더더욱 사람들의 의심을 살 수밖에 없다. 즉, 거액의 기부는 '좋은 사람'이라는 이미지를 얻기 위한 생색내기일 뿐이고, 진짜 목적은 세금 회피라는 게 비판의 핵심이다. 더구나 마크가 만든 재단이 그의 뜻대로 좌지우지할 수 있는 회사의 형식을 띠기 때문에 사람들은 비판적인 시선을 거두지 않았다.

하지만 마크는 의심에 찬 사람들의 시선을 크게 신경 쓰지 않는다. 자신이 하려는 일이 지금까지 세상에 없던 일, 필요하지만 아무도 하지 않던 일, 그리고 사람들에게 익숙하지 않은 방식이라는 걸 잘 알기 때문이다. 그런 일을 하려면 낯설고 불확실한 것에 대한 사람들의 의심과 비판을 감수할 수밖에 없다는 걸 그는 지금까지 페이스북을 이끌어오면서 분명히 깨달았다. 다만 세금 회피에 대한 의혹을 불식시키기 위해 주식을 매각할 때 세금을 내겠다는 뜻을 분명히 밝혔다.

자신의 재단을 통한 기부 방식이 사람들의 의심을 살 수 있다는 걸 알면서도 마크가 굳이 그 방법을 택한 것은 두 가지 이유에서다. 하나는 자선 사업에도 '효율'과 '경영'이 필요하다고 생각했기 때문이다.

마크는 2010년에 미국 공립학교의 교사 수준을 높이기 위한 '뉴어크 공립학교 시스템'에 1억 달러(약 1,157억6,000만원)를 기부했다. 하지만 그의 선의는 아무런 성과를 거두지 못했다. 그 사건 이후로 마크는 여러 자선 단체의 방식을 살펴보면서 선한 의도가 비효율적인 방식 때문에 성과를 거두지 못하는 경우를 많이 발견했다. 그래서 자신이 직접 기부금을 가지고 기부 사업을 할 수 있는 방식을 선택했다.

두 번째 이유는 수많은 어려움과 유혹에도 흔들리지 않고 페이스북을 지켜냈던 것과 같다. 세상을 연결시키겠다는 자신의 꿈과, 더불어 페이스북을 연결과 소통의 좋은 통로로 만들겠다는 본질에 충실해 왔던 것과 다르지 않다. 마크는 자신의 딸과 함께 미래 세대가 살아갈 세상을 인디언의 전통 잔치인 포트래치처럼 만드는 데 온전히 재산을 쓰고 싶기 때문이다.

마크는 서로 주고받을 선물이 존재하는 세상, 선물을 가장 많이 준 사람이 가장 명예로운 세상, 연결과 소통 속에서 공평한 기회가 주어지는 보다 투명한 세상을 만들고 싶다. 왜냐하면 그것이 마크의 '진짜 꿈'이기 때문이다.

10명의 사람이 연결되면 1명의 가난한 이를 도울 수 있어!

어마어마한 규모의 기부 결정을 발표해 전 세계를 깜짝 놀라게 한 마크는 최근 CEO로서 성적이 아주 좋습니다. 매출은 전년 대비 같은 기간 52%나 상승했고, 한 달에 최소 한 차례 이상 페이스북을 사용한 사람이 16억 5,400만 명으로, 1년 전과 비교할 때 14%가 늘어났습니다. 또한, 페이스북 사용자들이 미국, 캐나다, 유럽 지역이 아닌 신흥국가가 2/3를 차지할 정도로 세계를 모두 연결시키겠다는 그의 꿈은 나날이 현실이 되어 가고 있습니다.

기대 이상의 실적을 보여 주가가 오르니, 사람들은 CEO인 마크의 리더십을 주목합니다. 그런데 마크의 리더십은 다른 CEO들과는 많이 다릅니다. 언젠가 그가 이런 말을 한 적이 있습니다.

"세상에는 큰 조직을 이끌 수 있는 능력 있는 관리자형 사람이 있는 반면, 아주 분석적이고 전략에 집중하는 사람도 있습니다. 이 두 가지 특징을 한 사람이 다 가질 수는 없지요. 저는 그중에서 후자에 가깝습니다."

그의 리더십은 자신이 무엇을 가장 잘하는지를 알고 있다는 것에서 출발합니다. 그가 맡은 역할은 '내일'을 바라보며 '다음'을 준비하는 일입니다. 마크는 요즘 AI(인공지능)에 꽂혀 있습니다. 영화 아이언맨에 나오는 자비스Jarvis와 같은 간단한 AI 시설을 개발해 보려고 합니다. 물론 마크가 개발자이기 때문에 직접 참여하겠다는 뜻입니다. 이미 등장한 AI 기술을 이용해 자신의 목소리를 인식하게 하여, 집 안에 음악을 트는 것에서부터 조명을 조정하고 실내 온도를 조정하는 일까지 모두 AI에게 한번 맡겨볼 생각입니다. 집에 손님이 방문했을 때 누가 왔는지 확인할 수 있게 하고, 딸 맥스와 함께 있지 않을 때는 맥스의 안전과 보호도 맡겨볼 생각입니다. 재미있고, 흥미진진할 것 같아 생각만 해도 설레입니다.

전 세계에 퍼져있는 페이스북 사용자들과 질의응답을 하는 시간에, 먼 나라에 사는 페이스북 친구가 마크에게 물었습니다.

"안녕, 마크! 당신은 행복을 어떻게 정의하고 있나요? 그리고 그것이 당신을 성장하게 하는 데 어떤 영향을 끼쳤는지 알고 싶어요."

"네, 좋은 질문이네요. 제게 행복은 누군가를 도울 수 있는 뭔가 의미 있는 일을 하는 거예요. 많은 사람이 행복과 즐거움을 혼동하곤 하는데, 전 인생이 매일 즐거울 수는 없다고 생각해요. 하지만 누군가를 돕는 의미 있는 일은 매일매일 할 수 있거든요. 그러니, 매일 행복하고 싶다면 매일 어떻게 의미 있는 일을 할까 생각하게 되고, 그 생각 자체로 성장이 되는 것 같아요."

마크는 행복과 의미 있는 일을 같은 것으로 정의합니다. 그리고 그 의미를 '인터넷'을 통해 발견합니다. 인터넷이 아니었다면 지금처럼 세상이 연결될 수 없었겠지요. 그래서 인터넷 연결을 더욱 확장시킬 수 있는 드론, 위성, 레이저와 같은 새로운 기술에 관심을 기울입니다.

마크는 이 지구 상에서 10명의 사람이 연결되면 1명의 가난한 이를 도울 수 있다는 연구 결과를 강력하게 지지합니다. 세계가 더 많이 연결될수록 세상이 더 투명해지고, 더 좋아질 것이라는 그의 꿈은 오늘도 여전히 계속되고 있습니다.

부록

A letter to our daughter

딸에게 보내는 편지

(영한대역)

마크는 2015년 12월 2일 자신이 소유한 페이스북 주식의 99%를 기부하겠다고 밝혔다. 그의 기부는 딸 '맥스'의 탄생을 기념으로 이루어졌으며 자신의 마음을 담은 편지 형식으로 그 사실을 알렸다. 마크는 딸을 포함한 다음 세대에게 보다 평등하고 잠재력을 마음껏 펼칠 수 있는 세상을 제공하는 데 기여하고 싶다고 밝혔다.

Your mother and I don't yet have the words to describe the hope you give us for the future. Your new life is full of promise, and we hope you will be happy and healthy so you can explore it fully. You've already given us a reason to reflect on the world we hope you live in.

네가 엄마와 아빠에게 주는 희망은 말로 표현하기 어려울 정도로 크단다. 네 앞에 펼쳐진 새로운 삶은 희망찬 약속들로 가득하며, 우리는 네가 건강하고 행복하게 자라 그것을 맘껏 누릴 수 있길 바란다. 너를 통해 우리는 네가 어떤 세상에서 살기를 바라는지 생각해볼 이유가 생겼어.

Like all parents, we want you to grow up in a world better than ours today.

While headlines often focus on what's wrong, in many ways the world is getting better. Health is improving. Poverty is shrinking. Knowledge is growing. People are connecting. Technological progress in every field means your life should be dramatically better than ours today.

다른 모든 부모와 마찬가지로 우리는 네가 오늘날보다 더 나은 세상에서 자라길 바란다. 신문들은 종종 잘못된 일에 초점을 맞추지만, 세상은 여러 면에서 나아지고 있어. 인류는 건강해지고 있고, 가난은 줄어들고 있으며, 지식은 늘어나고 있고, 사람들은 서로서로 연결되고 있지. 그리고 모든 분야에서 나타나는 기술 발전이 너의 삶을 지금 우리의 삶보다 훨씬 더 나아지게 할 거야.

We will do our part to make this happen, not only because we love you, but also because we have a moral responsibility to all children in the next generation.

우리는 그런 일이 이루어질 수 있도록 우리의 역할을 할 거야. 우리가 너를 사랑하기 때문이기도 하지만, 그것이 다음 세대의 모든 아이에 대한 도덕적 의무이기도 하니까 말이야.

We believe all lives have equal value, and that includes the many more people who will live in future generations than live today. Our society has an obligation to invest now to improve the lives of all those coming into this world, not just those already here.

우리는 모든 생명이 동등한 가치를 갖고 있다고, 거기에는 오늘날을 살고 있는 사람들은 물론 미래를 살아갈 사람들은 더더욱 그렇다고 믿어. 우리 사회는 지금 있는 사람들뿐 아니라 앞으로 이 세상에 태어날 사람들의 삶을 개선하는 데도 투자할 의무가 있어.

But right now, we don't always collectively direct our resources at the biggest opportunities and problems your generation will face.
하지만 현재 우리는 너희 세대가 직면하게 될 기회와 문제들을 다루기 위해 힘을 합쳐 자원을 투자하지는 않고 있어.

Consider disease. Today we spend about 50 times more as a society treating people who are sick than we invest in research so you won't get sick in the first place.
질병의 경우를 생각해보자. 오늘날 우리 사회는 질병에 걸리지 않도록 연구하는 것보다 당장 병든 사람들을 치료하는 데 50배나 많은 돈을 쓰고 있단다.

Medicine has only been a real science for less than 100 years, and we've already seen complete cures for some diseases and good progress for others. As technology accelerates, we have a real shot at preventing, curing or managing all or most of the rest in the next 100 years.
의학이 진정한 과학으로 여겨진 지는 채 100년도 안 되지만, 우리는 이미 어떤 질병들에 대해서 완전한 치유책을 찾아냈고 또 어떤 질병들에 대해서는 상당한 진전을 보고 있어. 기술 발전이 더 가속화된다면, 우리는 앞으로 100년 이내에 모든 질병 또는 그 나머지 거의 모든 질병을 예방하고 치료하고 관리할 수 있게 될 거야.

Today, most people die from five things -heart disease, cancer, stroke, neurodegenerative and infectious diseases- and we can make faster progress on these and other problems.

오늘날 사람들은 대개 다섯 가지 질병, 즉 심장병, 암, 뇌졸중, 신경퇴행성 질병, 감염성 질병으로 숨진단다. 그리고 우리는 이 다섯 가지 질병을 포함해 다른 질병들을 해결하는 데도 보다 성과를 낼 수 있을 거야.

Once we recognize that your generation and your children's generation may not have to suffer from disease, we collectively have a responsibility to tilt our investments a bit more towards the future to make this reality. Your mother and I want to do our part.

네 세대와 네 아이들의 세대가 더 이상 질병으로 고통받지 않아도 된다는 걸 확신하는 순간, 우리는 미래에 그 일이 실현될 수 있도록 더 많은 걸 투자해야 할 책임을 갖게 된단다. 네 엄마와 나는 우리의 역할을 하고 싶구나.

Curing disease will take time. Over short periods of five or ten years, it may not seem like we're making much of a difference. But over the long term, seeds planted now will grow, and one day, you or your children will see what we can only imagine: a world without suffering from disease.

질병을 치료하는 건 시간이 걸릴 거야. 그래서 5년 내지 10년이라는 짧은 기간 동안에는 큰 변화를 만들어내지 못하는 것처럼 보일 수도 있어. 하지만 장기적으로는, 지금 뿌린 씨앗들이 자라나 우리가 상상만 하던 것들을 언젠가 너와 네 아이들이 직접 보게 될 거야. 질병으로 고통받지 않는 그런 세상을 말이야.

There are so many opportunities just like this. If society focuses more of its energy on these great challenges, we will leave your generation a much better world.
이와 비슷한 기회들은 너무도 많단다. 만약 우리 사회가 이처럼 거대한 도전들에 보다 많은 에너지를 집중한다면, 우리는 너희 세대에게 훨씬 더 나은 세상을 남겨줄 수 있을 거야.

• • •

Our hopes for your generation focus on two ideas: advancing human potential and promoting equality.
우리가 너희 세대에게 거는 희망은 다음 두 가지로 요약된단다. 인간의 잠재력을 키워주고 평등을 확산시키는 일이지.

Advancing human potential is about pushing the boundaries on how great a human life can be.
인간의 잠재력을 키운다는 건 인간의 삶이 얼마나 위대해질 수 있는

지, 그 경계를 허무는 것이란다.

Can you learn and experience 100 times more than we do today?
너희는 오늘날의 우리보다 100배 더 많은 것을 배우고 경험할 수 있을까?

Can our generation cure disease so you live much longer and healthier lives?
우리는 너희가 우리보다 훨씬 더 오랫동안 건강하게 살 수 있도록 질병을 치유할 수 있을까?

Can we connect the world so you have access to every idea, person and opportunity?
우리는 너희가 모든 아이디어와 사람과 기회에 접근할 수 있도록 세상을 연결할 수 있을까?

Can we harness more clean energy so you can invent things we can't conceive of today while protecting the environment?
우리는 너희가 환경을 보존하면서도 오늘날에는 상상도 못 할 것들을 발명해낼 수 있도록 더 많은 청정에너지를 활용할 수 있을까?

Can we cultivate entrepreneurship so you can build any business

and solve any challenge to grow peace and prosperity?
우리는 너희가 그 어떤 기업이든 세우고 그 어떤 도전도 극복해 평화와 번영을 구가할 수 있도록, 기업가 정신을 고취시킬 수 있을까?

Promoting equality is about making sure everyone has access to these opportunities -regardless of the nation, families or circumstances they are born into.
평등을 증진시킨다는 건 태어난 나라나 가정 또는 환경과 관계없이 모든 사람이 동등한 기회를 맘껏 누리게 해주는 것이란다.

Our society must do this not only for justice or charity, but for the greatness of human progress.
우리 사회는 정의나 자선을 위해서만이 아니라 인류 발전이라는 위대한 일을 위해서도 반드시 이 일을 해내야 해.

Today we are robbed of the potential so many have to offer. The only way to achieve our full potential is to channel the talents, ideas and contributions of every person in the world.
오늘날 수많은 사람이 세상에 기여할 잠재력을 발휘하지 못하고 있어. 우리의 잠재력을 최대한 활용할 방법은 단 하나, 세상 모든 사람의 재능과 아이디어와 공헌을 서로 연결하는 거야.

Can our generation eliminate poverty and hunger?

우리 세대는 가난과 굶주림을 없앨 수 있을까?

Can we provide everyone with basic healthcare?
우리는 모든 사람에게 기본적인 의료 서비스를 제공할 수 있을까?

• • •

Can we build inclusive and welcoming communities?
우리는 모든 사람을 포용해주고 환영하는 공동체를 만들어낼 수 있을까?

Can we nurture peaceful and understanding relationships between people of all nations?
우리는 모든 나라 사람들이 평화롭게 서로를 이해하도록 관계를 조성할 수 있을까?

Can we truly empower everyone -women, children, underrepresented minorities, immigrants and the unconnected?
우리는 여성과 아이들, 대표되지 못하는 소수자들, 이민자들, 그리고 인터넷 혜택에서 소외된 사람들에게 진정으로 힘을 부여해줄 수 있을까?

If our generation makes the right investments, the answer to each of these questions can be yes -and hopefully within your lifetime.

만약 우리 세대가 적절한 투자를 한다면, 이 모든 질문에 대한 답은 '예스'일 거야. 그리고 바라건대 네가 사는 동안에는 그렇게 될 수 있을 거야.

• • •

This mission -advancing human potential and promoting equality- will require a new approach for all working towards these goals.

인간의 잠재력을 키우고 평등을 확산시키는 이 임무를 수행하려면, 이 목표들을 위해 모두 함께 노력하려는 새로운 접근 방식이 필요하단다.

We must make long term investments over 25, 50 or even 100 years. The greatest challenges require very long time horizons and cannot be solved by short term thinking.

우리는 25년, 50년 어쩌면 100년이라는 장기간의 투자를 해야 해. 위대한 도전 과제들은 단기적인 사고로는 해결할 수 없고 아주 긴 시간이 필요하거든.

We must engage directly with the people we serve. We can't empower people if we don't understand the needs and desires of their communities.

우리는 우리가 도우려는 사람들을 직접 참여시켜야 해. 그 사람들의 공동체가 필요로 하는 것들과 갈망들을 이해하지 못하고서는 그들의 힘을 키워줄 수 없거든.

We must build technology to make change. Many institutions invest money in these challenges, but most progress comes from productivity gains through innovation.

우리는 변화를 일으킬 기술들을 만들어내야 해. 많은 기관들이 이 같은 도전들을 위해 돈을 투자하고 있지만, 실제로는 혁신을 통한 생산성이 높아질 때 발전이 이루어지거든.

We must participate in policy and advocacy to shape debates. Many institutions are unwilling to do this, but progress must be supported by movements to be sustainable.

우리는 정책에 참여하고 지지하면서 논쟁을 벌여야 해. 많은 기관들이 그런 일을 하길 꺼리겠지만, 발전이 지속되려면 이런저런 운동들로 뒷받침되어야 하거든.

We must back the strongest and most independent leaders in each field. Partnering with experts is more effective for the mission than trying to lead efforts ourselves.

우리는 각 분야의 가장 강력하고 독립적인 리더들을 지원해주어야 해. 전문가들과 협력하면 혼자 노력하는 것보다 임무 수행에 더 효과적이니까 말이야.

We must take risks today to learn lessons for tomorrow. We're early in our learning and many things we try won't work, but we'll listen and learn and keep improving.

우리는 내일을 위해 오늘의 위험을 감수하며 각종 교훈들을 배워야 해. 우리는 아직 배우는 일의 초기 단계여서 많은 시도들이 제대로 이뤄지지 않을 수도 있지만 귀 기울여 배우다 보면 나아질 거야.

• • •

Our experience with personalized learning, internet access, and community education and health has shaped our philosophy.

맞춤형 학습과 인터넷 접속, 공동체 교육, 그리고 의료에 대한 우리 경험은 우리 철학의 토대가 되고 있어.

Our generation grew up in classrooms where we all learned the same things at the same pace regardless of our interests or needs.

우리 세대는 교실 안에서 성장했고, 거기에서 우리는 관심사나 필요에 상관없이 모두 똑같은 속도로 똑같은 것들을 배웠단다.

Your generation will set goals for what you want to become - like an engineer, health worker, writer or community leader. You'll have technology that understands how you learn best and where you need to focus. You'll advance quickly in subjects that interest you most, and get as much help as you need in your most challenging areas. You'll explore topics that aren't even offered in schools today. Your teachers will also have better tools and data to help you achieve your goals.

너희 세대는 각자 엔지니어, 의료 종사자, 작가 또는 공동체 리더 등 너희가 원하는 사람이 되겠다는 목표를 세우게 될 거야. 너희가 어떻게 배우는 것이 최선이며 어디에 집중할 필요가 있는지를 이해하는 기술도 나오게 될 거야. 너희는 가장 관심 있는 과목들에서 빠른 진전을 이룰 것이고, 가장 도전적인 분야들에서는 필요한 도움을 최대한 많이 받게 될 거야. 너희는 오늘날의 학교에서는 제공하지 않는 주제들까지도 탐구하게 될 거야. 너희의 선생님들 또한 더 나은 학습 도구와 자료들을 가지고 너희가 목표를 달성하는 데 도움을 줄 수 있을 거야.

Even better, students around the world will be able to use personalized learning tools over the internet, even if they don't live near good schools. Of course it will take more than technology to give everyone a fair start in life, but personalized learning can be one scalable way to give all children a better education and more equal opportunity.

훨씬 더 좋은 건, 전 세계의 모든 학생이 설사 좋은 학교 주변에 살지 않더라도 인터넷상에서 맞춤형 학습 도구들을 사용할 거라는 거지. 물론 모든 사람이 삶을 공정하게 시작하려면 기술 이상의 것이 필요하겠지만, 맞춤형 학습은 모든 아이에게 보다 나은 교육과 보다 평등한 기회를 주는 하나의 확장 가능한 방법이 될 거야.

We're starting to build this technology now, and the results are already promising. Not only do students perform better on tests, but they gain the skills and confidence to learn anything they want. And this journey is just beginning. The technology and teaching will rapidly improve every year you're in school.

우리는 이제 막 그런 기술을 만들기 시작했는데 이미 그 결과들이 낙관적이란다. 학생들은 시험만 잘 보는 것이 아니라, 자신이 원하는 것은 뭐든 잘 배울 수 있는 역량과 자신감을 얻고 있지. 그런데 이 여정은 이제 시작일 뿐이란다. 기술과 교수법은 네가 학교에 다니게 될 때쯤엔 매년 급속도로 발전될 거야.

Your mother and I have both taught students and we've seen what it takes to make this work. It will take working with the strongest leaders in education to help schools around the world adopt personalized learning. It will take engaging with communities, which is why we're starting in our San Francisco

Bay Area community. It will take building new technology and trying new ideas. And it will take making mistakes and learning many lessons before achieving these goals.

네 엄마와 나는 학생들을 직접 가르쳐봤고, 그래서 무엇이 필요한지도 보았단다. 전 세계 학교들이 이 맞춤형 학습을 채택하게 하려면, 교육계에서 가장 영향력 있는 리더들과 협력해야 하겠지. 공동체들과의 협력도 필요하기 때문에 우리는 지금 샌프란시스코 베이 지역 공동체에서부터 시작하려고 해. 또한 새로운 기술을 만들어내고 새로운 아이디어들을 시도해봐야겠지. 때론 실수도 하며 많은 교훈을 배우다 보면 목표들을 이루게 될 거야.

But once we understand the world we can create for your generation, we have a responsibility as a society to focus our investments on the future to make this reality.

너희 세대를 위해 창조해낼 세상을 제대로 이해하게 된다면, 우리 사회는 이 모든 걸 실현하기 위해 미래에 투자할 책임이 있는 거란다.

Together, we can do this. And when we do, personalized learning will not only help students in good schools, it will help provide more equal opportunity to anyone with an internet connection.

함께한다면 우린 이 모든 걸 해낼 수 있어. 그리고 우리가 그렇게 할 경우, 맞춤형 학습은 좋은 학교에 다니는 학생들에게 도움이 될 뿐 아니라, 인터넷에 접속한 모든 이에게 동등한 기회를 주게 될 거야.

• • •

Many of the greatest opportunities for your generation will come from giving everyone access to the internet.

너희 세대가 갖게 될 큰 기회 중 상당수는 모든 사람이 인터넷 접속을 할 수 있게 되는 데서 생겨날 거야.

People often think of the internet as just for entertainment or communication. But for the majority of people in the world, the internet can be a lifeline.

사람들은 인터넷을 단순한 엔터테인먼트나 커뮤니케이션 수단으로 생각하는 경우가 많지. 하지만 대부분의 세상 사람들에게 인터넷이 생명줄 같은 게 될 수도 있단다.

It provides education if you don't live near a good school. It provides health information on how to avoid diseases or raise healthy children if you don't live near a doctor. It provides financial services if you don't live near a bank. It provides access to jobs and opportunities if you don't live in a good economy.

인터넷은 좋은 학교 주변에 살지 않더라도 교육을 제공해주지. 의사 주변에 살지 않더라도 질병을 예방하는 법이나 아이들을 건강하게 키우는 법에 대한 건강 정보를 제공해주기도 해. 은행 근처에 살지 않더라도 각종 금융 서비스를 제공해주고 말이야. 또한 좋은 경제권 안에 살지 않더라도, 일자리와 각종 기회를 제공해준단다.

The internet is so important that for every 10 people who gain internet access, about one person is lifted out of poverty and about one new job is created.

인터넷은 굉장히 중요해. 인터넷에 접속할 수 있는 사람 10명당 1명은 가난에서 벗어나고, 한 개 정도의 새로운 일자리가 만들어질 정도야.

Yet still more than half of the world's population -more than 4 billion people- don't have access to the internet.

하지만 지금도 전 세계 인구의 절반 이상, 그러니까 정확히 40억 명 이상은 인터넷에 접속하지 못하고 있단다.

If our generation connects them, we can lift hundreds of millions of people out of poverty. We can also help hundreds of millions of children get an education and save millions of lives by helping people avoid disease.

만약 우리 세대가 그들을 인터넷에 접속할 수 있게 해준다면, 우리는 수억 명의 사람들을 가난에서 벗어나게 해줄 수 있어. 또한 우리는 수억 명의 아이들이 교육을 받을 수 있도록 도와주고, 질병을 피하도록 도와주어 수백만의 생명을 구할 수도 있단다.

This is another long term effort that can be advanced by technology and partnership. It will take inventing new technology to make the internet more affordable and bring access to unconnected areas. It will take partnering with governments, non-profits and companies. It will take engaging with communities to understand what they need. Good people will have different views on the best path forward, and we will try many efforts before we succeed.

이 또한 장기적인 노력을 해야 하는 일로, 기술과 공동 작업을 통해 성과를 볼 수 있지. 인터넷 접속 기회를 늘리고 소외된 지역들에서도 인터넷에 접속할 수 있게 하려면 새로운 기술을 개발해야 할 거야. 그러자면 정부와 비영리 단체들, 그리고 기업들 간의 협력이 필요하겠지. 공동체들도 참여시켜 그들이 필요로 하는 게 무언지를 알 수 있게 해야 할 거야. 사람들 사이에서도 앞으로 나아갈 최선의 길을 보는 시각이 다를 것이므로, 우리는 성공할 때까지 여러 가지 시도를 해야 할 거야.

But together we can succeed and create a more equal world.

하지만 함께한다면, 우리는 성공할 수 있고 보다 평등한 세상을 만들어낼 수도 있단다.

• • •

Technology can't solve problems by itself. Building a better world starts with building strong and healthy communities.

기술 그 자체만으로는 문제들을 해결할 수 없어. 보다 나은 세상을 구축하는 일은 강하고 건강한 공동체들을 만드는 것에서부터 시작되니까 말이야.

Children have the best opportunities when they can learn. And they learn best when they're healthy.

아이들은 교육을 받을 수 있을 때 가장 좋은 기회를 누리게 되는데, 건강해야만 잘 배울 수 있단다.

Health starts early –with loving family, good nutrition and a safe, stable environment.

건강은 사랑하는 가족과 좋은 영양 상태, 안전하면서도 안정적인 환경 속에 일찌감치 결정된단다.

Children who face traumatic experiences early in life often develop less healthy minds and bodies. Studies show physical changes in brain development leading to lower cognitive ability.

삶의 초창기에 트라우마를 경험하는 아이들은 덜 건강한 몸과 마음을 갖게 되는 경우가 많지. 뇌 발달 단계에서 물리적 변화들로 인해

인지 능력이 떨어지게 된다는 연구도 있단다.

Your mother is a doctor and educator, and she has seen this firsthand.

If you have an unhealthy childhood, it's difficult to reach your full potential.

네 엄마는 의사이자 교육가라서 이런 걸 직접 봐왔지. 네가 만약 어린 시절을 건강하게 보내지 못한다면, 너의 잠재력을 마음껏 펼치기가 어렵단다.

If you have to wonder whether you'll have food or rent, or worry about abuse or crime, then it's difficult to reach your full potential.

네가 만약 먹을 것이나 집세를 걱정해야 하거나, 학대나 범죄에 노출되는 걸 두려워해야 한다면, 너 역시 잠재력을 마음껏 펼치기 어려울 거야.

If you fear you'll go to prison rather than college because of the color of your skin, or that your family will be deported because of your legal status, or that you may be a victim of violence because of your religion, sexual orientation or gender identity, then it's difficult to reach your full potential.

네가 만약 네 피부색 때문에 대학은커녕 감옥에 가게 될까 두려워한다면, 네 가족이 불법 체류 상태여서 강제 추방될까 두려워한다면, 또는 네 종교나 성적 성향, 성 주체성 때문에 폭력의 피해자가 될까 두려워한다면, 역시 잠재력을 마음껏 펼치기 어려울 거야.

We need institutions that understand these issues are all connected. That's the philosophy of the new type of school your mother is building.
우리는 이 모든 문제가 서로 연결되어 있다는 걸 잘 이해하는 기관들이 필요하단다. 네 엄마가 만들고 있는 새로운 형태의 학교 철학이 바로 그것이지.

By partnering with schools, health centers, parent groups and local governments, and by ensuring all children are well fed and cared for starting young, we can start to treat these inequities as connected. Only then can we collectively start to give everyone an equal opportunity.
학교들, 의료 센터들, 학부모 단체들, 지방 정부들과 협력함으로써, 그리고 모든 아이를 어려서부터 잘 먹이고 잘 돌봄으로써, 이런 불공평한 것들을 서로 연결해 다룰 수 있게 될 거야. 그럼 비로소 우리는 모든 사람에게 동등한 기회를 줄 수 있게 되겠지.

It will take many years to fully develop this model. But it's another example of how advancing human potential and promoting equality are tightly linked. If we want either, we must first build inclusive and healthy communities.

이런 모델을 완전히 개발하려면 몇 년이 걸릴지 몰라. 하지만 이는 인간의 잠재력을 키우고 평등을 확산시키는 일이 얼마나 긴밀히 연결되어 있는지를 보여주는 또 다른 예일 뿐이란다. 어떤 쪽을 원하든, 우리는 먼저 모든 사람을 포용하는 건강한 공동체를 만들어야 한단다.

• • •

For your generation to live in a better world, there is so much more our generation can do.

너희 세대가 더 나은 세상에서 살 수 있도록 우리 세대가 할 일은 그 외에도 아주 많단다.

Today your mother and I are committing to spend our lives doing our small part to help solve these challenges. I will continue to serve as Facebook's CEO for many, many years to come, but these issues are too important to wait until you or we are older to begin this work. By starting at a young age, we hope to see compounding benefits throughout our lives.

오늘 네 엄마와 나는 이런 도전 과제들을 해결하는 데 작은 보탬을 주는 삶을 살기로 결심했어. 나는 앞으로도 여러 해 동안 페이스북의 CEO로 일할 거지만, 이 문제들은 너무나 중요하기 때문에 너나 우리가 더 나이들 때까지 기다릴 수가 없구나. 젊은 나이에 시작했으니 앞으로 살아가며 많은 변화들을 보길 기대한단다.

As you begin the next generation of the Chan Zuckerberg family, we also begin the Chan Zuckerberg Initiative to join people across the world to advance human potential and promote equality for all children in the next generation. Our initial areas of focus will be personalized learning, curing disease, connecting people and building strong communities.

네가 챈 저커버그 가족의 새로운 세대로 삶을 시작하는 이 순간, 우리 역시 챈 저커버그 이니셔티브를 시작하게 됐어. 다음 세대의 모든 아이들을 위해, 인간의 잠재력을 키우고 평등을 확산시키는 일에 전 세계 사람들과 함께하려 한단다. 우리가 처음에 집중할 분야들은 맞춤형 학습과 질병 치유, 사람들을 연결하기, 강력한 공동체 건설 등이 될 거야.

We will give 99% of our Facebook shares -currently about $45 billion- during our lives to advance this mission. We know this is a small contribution compared to all the resources and talents of those already working on these issues. But we want to do what we can, working alongside many others.

우리는 이 임무를 수행하기 위해 살아있는 동안 페이스북 지분의 99

퍼센트, 그러니까 현재 기준으로 시가 약 450억 달러를 기부하려 한단다. 우리는 이것이 이미 이 문제들을 위해 일하고 있는 사람들의 자원과 재능에 비하면 별게 아니라는 걸 잘 안다. 그래도 우리는 다른 사람들과 함께 우리가 할 수 있는 것을 하고 싶단다.

We'll share more details in the coming months once we settle into our new family rhythm and return from our maternity and paternity leaves. We understand you'll have many questions about why and how we're doing this.
보다 자세한 건 앞으로 몇 달 후 새로운 가족의 리듬에 익숙해지고 출산 휴가에서 복귀하는 대로 얘기하도록 하마. 우리는 우리가 왜, 그리고 어떻게 이 일을 할 것인지 너도 많이 궁금할 거라고 생각한다.

As we become parents and enter this next chapter of our lives, we want to share our deep appreciation for everyone who makes this possible.
이제 부모가 되어 인생의 새로운 장에 들어가면서, 이 일을 가능하게 해준 모든 사람에게 깊은 감사를 전하고 싶구나.

We can do this work only because we have a strong global community behind us. Building Facebook has created resources to improve the world for the next generation. Every member of the Facebook community is playing a part in this work.

우리가 이 일을 할 수 있는 건 바로 우리 뒤에 강력한 글로벌 공동체가 있기 때문이란다. 페이스북을 만듦으로써 다음 세대를 위해 세상을 개선할 자원들을 만들었고, 이제 페이스북 공동체의 모든 구성원이 이 일에서 각자의 역할을 해내고 있단다.

We can make progress towards these opportunities only by standing on the shoulders of experts -our mentors, partners and many incredible people whose contributions built these fields.

우리는 전문가들, 그러니까 우리의 멘토들과 파트너들 그리고 이 분야를 있게 해준 너무나 훌륭한 사람들의 도움을 받아야만 성과를 향해 나아갈 수 있을 거야.

And we can only focus on serving this community and this mission because we are surrounded by loving family, supportive friends and amazing colleagues. We hope you will have such deep and inspiring relationships in your life too.

그리고 우리가 이 공동체와 이 임무를 위해 집중적으로 헌신할 수 있는 것은 사랑하는 가족과 힘이 되어주는 친구들, 그리고 멋진 동료들이 우리 주변에 있기 때문이란다. 우리는 너 또한 살아가면서 이처럼 영감을 주는 깊은 인간관계를 맺기를 바란다.

Max, we love you and feel a great responsibility to leave the world a better place for you and all children. We wish you a life filled with the same love, hope and joy you give us. We can't wait to see what you bring to this world.

맥스야, 우리는 너를 사랑하며 너와 모든 아이에게 이 세상을 더 나은 곳으로 남겨주어야 할 막중한 책임감을 느낀다. 너는 우리에게 사랑과 소망과 기쁨을 주고 있는데, 네 삶 역시 그런 사랑과 소망과 기쁨으로 차고 넘치길 바란다. 네가 이 세상에 무엇을 가져다줄지 정말 보고 싶어 견딜 수가 없구나.

Love,
Mom and Dad

사랑을 보낸다.
엄마와 아빠

1984년 5월 14일, 뉴욕 주 화이트 플레인스의 유대인 가정에서 아버지 에드워드 저커버그와 어머니 캐런 저커버그 사이에서 둘째이자 외아들로 태어나다.

1994년 아버지로부터 퀀텍스 486디엑스(Quantex 486DX) 컴퓨터를 선물 받다.

1995년 소프트웨어 개발자 데이비드 뉴먼에게서 컴퓨터 교육을 받기 시작하다. 얼마 후부턴 매주 머시 대학교 대학원 과정의 컴퓨터 강좌를 수강하다.

1996년 아버지의 일을 도와주기 위해 '저크넷'이란 소프트웨어 프로그램을 개발하다. 답스 페리에 있는 스프링 허스트 초등학교를 졸업한 후 같은 지역에 있는 답스 페리 중학교에 진학하다.

1997년 유대인의 전통에 따라 뉴욕 주 태리타운에 있는 베스 아브라함 사원에서 바르미츠바 의식(13세가 되면 치르는 유대교 성년식)을 치르다.

1998년 아즐리 고등학교에 진학하여, 9학년과 10학년을 보내다.

2000년 뉴햄프셔 주 엑시터에 있는 명문 사립 고등학교인 필립스 엑시터 아카데미로 전학하다.

2002년 친구 애덤 디안젤로와 함께 사용자 음악 취향을 바탕으로 디지털 목록을 만드는 MP3 플레이어 소프트웨어인 '시냅스 미디어

플레이어'를 개발하다.
하버드 대학교에 입학하다.

2003년 하버드 대학교에서 학생들이 자신이 신청한 수업 과목들을 공개하는 사이트인 '코스 매치'를 개발하다. 장난삼아 하버드 대학교의 여학생들 얼굴을 비교하는 '페이스매시 닷컴' 사이트를 만들어 캠퍼스를 발칵 뒤집어놓다. 이때 하버드 대학교의 데이터베이스를 해킹해서 중징계를 받다.
이 사건으로 유명해지자 윙클보스 형제와 디브야 나렌드라로부터 '하버드커넥션(HarvardConnection)'이란 웹 사이트를 같이 만들자는 제안을 받다.

2004년 '페이스북'의 초기 버전인 '더페이스북닷컴' 사이트를 개발해 2월 4일 '더페이스북닷컴' 을 공개하다.
기숙사 룸메이트였던 더스틴 모스코비츠, 크리스 휴즈, 에두아르도 세버린과 함께 페이스북 설립하다.

2004년 6월, IT 산업의 메카라 불리는 실리콘밸리로 갈 결심을 하고 여름방학이 시작되자 동업자들과 함께 캘리포니아 주 팔로알토로 이주하다.

2004년 여름, '냅스터'와 '플락소'의 공동창업자인 션 파커를 페이스북 경영자로 영입하고, 페이팔의 창업자인 피터 틸로부터 대출과 투자 성격이 같이 있는 50만 달러의 자금을 지원받다.
하버드에 돌아가지 않고 중퇴하다.

2004년 가을, 벤처 캐피탈 기업 액셀로부터 1,270만 달러를 투자받다.
윙클보스 형제와 디브야 나렌드라로부터 '하버드커넥션' 사건으로 고소를 당하다.

2005년 9월 20일, 회사의 이름을 '페이스북'으로 변경하다.
페이스북 가입대상을 대학생에서 고등학생으로 확대하다.

2006년 페이스북의 가입대상을 13세 이상의 신분 확인이 가능한 이메일 주소를 가진 일반인으로 확대하다.

2007년 '페이스북 데이터에 접근하고 기여하는 방법을 갖춘 표준 기반 웹 서비스'인 페이스북 플랫폼 개발을 발표하다.

2008년 3월 2일, 구글의 부회장이었던 셰릴 샌드버그를 페이스북의 COO(Chief Operating Officer)로 영입하다. 샌드버그 영입 후 페이스북의 재정이 흑자 상태로 전환되다.
안식월을 갖고 1개월 동안 독일과 터키, 인도, 일본 등 여러 나라로 배낭여행을 다녀오다.

2009년 스위스 다보스에서 열린 세계 경제 포럼 참석하다.

2010년 세계인이 사용하는 페이스북의 가입자 수가 5억 명에 이르다.
인간관계에 근본적인 변화를 가져온 공로를 인정받아 〈타임〉지 올해의 인물로 선정되다.
뉴저지 뉴어크의 공립학교 개선을 위해 1억 달러를 기부하다.

페이스북이 만들어진 과정을 소재로 한 영화 〈소셜 네트워크〉가 개봉되다.

2012년 5월 18일, 페이스북을 나스닥에 상장하다. 세계 역사상 가장 최단 시간에 억만장자가 되다.
5월 19일, 오랜 연인인 프리실라 챈과 팔로알토의 집에서 결혼식을 올리다.

2013년 인도, 잠비아, 탄자니아, 케냐, 콜롬비아 등 인터넷의 혜택을 받지 못한 낙후지역에 무료로 인터넷을 공급하는 '인터넷닷오알지(internet.org)' 프로젝트를 시작하다.

2015년 9월, 뉴욕에서 열린 제70차 유엔총회에 참석하여 '인터넷은 깨끗한 물처럼 모든 사람이 누려야 할 인권'이라는 주제로 기조연설을 하다.

2015년 11월, 딸 맥스가 태어나다.

2015년 12월, 본격적으로 기부사업을 펼치기 위해 '챈-저커버그 이니셔티브' 재단을 설립하고 이 재단에 450억 달러(약 52조 원)에 해당하는 자신의 거의 전 재산인 페이스북 지분의 99%를 기부하다.

옮긴이 박수성
연세대학교 정치외교학과를 졸업하고 성균관대학교 대학원에서 번역학 석사학위를 받았으며 우리은행 및 인터내셔널 헤럴드 트리뷴-코리아 중앙 데일리에서 근무했다. 뉴욕에 거주하며 번역 에이전시 엔터스코리아에서 전문 번역가로 활동 중이다. 옮긴 책으로는《퓨처 스마트》《나폴레옹에게서 배우는 권력의 리더십》《어떤 사람이 최고의 자리에 오르는가》《미친 듯이 20초》 등이 있다.

사진제공
게티이미지 : 표지, 122, 148, 230, 252, 255쪽 | 연합뉴스 : 181, 203, 228, 236, 266쪽 | AP/연합뉴스 : 46, 136, 190쪽
포토이미지스 : 126, 168쪽

롤모델 시리즈 07
저커버그 이야기

1판 1쇄 발행 2016년 6월 5일
1판 6쇄 발행 2020년 3월 20일

지은이 주디 L. 해즈데이
옮긴이 박수성

발행인 주정관
발행처 움직이는서재
출판등록 제2015-000081호

주소 경기도 부천시 길주로 1 한국만화영상진흥원 311호
주문 및 문의 전화 (032)325-5281 | 팩스 (032)323-5283

ISBN 979-11-86592-29-8 03840